講談社文庫

過剰な二人

林 真理子｜見城 徹

JN243258

講談社

過剰な二人

林真理子
見城徹

講談社

まえがき

見城　徹

林真理子と初めて出会ってから30年以上が過ぎた。今もその時の光景はくっきりと頭の中に残っている。

待ち合わせた六本木の喫茶店「ルコント」の2階には、客は僕一人しかいなかった。

僕はオレンジジュースを飲みながら、林真理子を待っていた。

古い作りの階段から、ミシッ、ミシッと音がして、ジーパンをはいた林真理子が入ってきた。

その時、音を立てて林真理子と僕の運命も交錯したのだ。

それから10年、たぶん林真理子と最も多く仕事をした編集者は僕だったにちがいない。

林真理子は次々とエッセイのベストセラーを出版し、初めて書いた短編小説が直木賞の候補になり、やがて直木賞を受賞した。

いくつかの恋愛をして、結婚をした。

そのすべてに僕は深く関与している。

つまり、林真理子がいなければ編集者・見城徹は今の形で存在しなかったかもしれないし、僕がいなければ作家・林真理子も存在しなかったかもしれない。

それを運命と呼ばずしてほかに何と呼ぼう。

僕が角川書店を辞め、幻冬舎を作って1年もしないうちに、二人は絶縁関係に入る。それが16年も続くことになるとは、その時は思ってもいなかった。喧嘩《けんか》はよくしていたが、大抵は2〜3日で関係は元に戻った。

空白の16年。僕の心は、いつも晴れていなかった気がする。その間、何度か偶然に遭遇し、二人は目を背け合った。

そんなある日、札幌で「渡辺淳一文学館」の盛大な立食パーティーが催された。僕は出版社の社長として、林真理子は渡辺淳一さんの友人の作家代表として、ホテルの広い宴会場の中にいた。

僕はその時、遠くのテーブルに佇《たたず》む着物姿の林真理子を見ながら、この時を逃しては、永遠に彼女と仲直りできるチャンスはないと、何かに撃たれるように強く思った。

傍らにいた、林真理子と親交のある男性に、「見城がどうしてもお詫びをしたいので、そちらに出向くのを受けていただけませんか」という伝言を託した。

その男性が、彼女の答えを持って帰ってくるより先に、僕の目の前に林真理子が立っていた。

「私が来るべきだと思いました、見城さん」

その瞬間から、16年の時を経て、また、二人の関係は始まった。

本書の冒頭に収録された二人の対談は、僕がゲストに呼んでくれと希望して、「週刊朝日」誌上で実現したものだ。

秋元康をはじめ多くの方々から、あんなに面白い対談はなかったとお褒めの言葉をいただいた。その反響の大きさを知っていた講談社の編集者・原田隆から、二人の関係を本にしようという話が持ち込まれた。最初は本になるのかと半信半疑だったが、始めてみると次々といろんなことが思い出された。

林真理子から講談社を経由して届けられる原稿は僕を刺激し、僕の40年に及ぶ編集者生活を振り返る、いいきっかけにもなった。

現役の作家と現役の編集者がこのような本を出すのも、面白いかもしれないと自分に言い聞かせて、ユニークな本が出来上がったと自負している。

人生論として読んでいただいても結構だし、大ベストセラーになった林真理子の『野心のすすめ』のサイドストーリーとして読んでいただくのも一興かもしれない。

僕としては覚悟の一冊である。

あとは読者が楽しんでくれれば、これに勝る幸せはない。

過剰な二人／目次

第一章　人生を挽回する方法

第二章　人は仕事で成長する

第三章　最後に勝つための作戦

第四章　「運」をつかむために必要なこと

過剰な二人

対談　過剰な二人の「失われた16年」

本対談は「週刊朝日」2013年7月5日号「マリコのゲストコレクション」を再録したものです。

見城　徹（以下、見城）　君が書いた講談社現代新書『野心のすすめ』、すごいね。45万部（2015年7月20日現在）を超したんだって？

林　真理子（以下、林）　おかげさまで。

見城　やられたと思った。編集者というのは、一人の表現者に3枚ぐらいのカードを用意していなければいけないと思うのね。俺は君を30年以上見てきて、途中に「失われた16年」があるんだけど、はじめは何も持っていなかった林真理子が、今ではほとんどを手に入れたかのように見える林真理子になったわけだよね。今や美の領域にまで進出しようとしている。何もなかった若き日の林真理子の野心を、今の林真理子が絶対に書かなければいけないと思っていた。これが俺の1枚目のカードだった。それをやられた。だから悔しいの。ただ、読んでいると、やっぱりなつかしいよ、個人的には。

林　最初、見城さんのことは書いていなかったんだけど、編集者が「ほかの編集者は出てくるのに、見城さんが出てこないのはおかしい。どうしても入れてほしい」と言うから、出会いの日のことを書いたんです。

見城　あのときの光景は、今でも鮮明に覚えているよ。

林　私も。見城さん、すごく感じ悪くて、「小説を書こう」「うちで連載を始めよう」と言ったかと思うと、3つ目は「俺に惚れないでくれよな」って（笑）。

見城　俺は君のデビュー作の『ルンルンを買っておうちに帰ろう』を読んで、この過剰さはすごいと思った。こんなに折り合いのつかない過剰さを抱えている女はいないと思ったわけ。自分の中で折り合いのつかない人にしか俺は興味がなくて、それを表現することによって折り合いをつけるのが表現者だからね。そして「著者近影」を見たら、妖しい色っぽい女だったから、とにかくこの人に会いたいと思った。それで六本木の「ルコント」の2階で会う約束をした。

林　ああ、「ルコント」、なつかしい。

見城　そのころ俺はボディービルコンテストに出ようと思って、ガンガン、ウエートトレーニングしていた時期だったんだ。ピンクのTシャツにジーパンで、フレッシュオレンジジュースを……。

林 そう、チューチューやっていたの（笑）。そのときの唇の形まで覚えてる（笑）。ピンクのTシャツを着たムキムキのマッチョで、この人、まともな人なんだろうかと思ったぐらい衝撃を受けましたよ。

見城 俺は、すごく過剰なものを抱えてそれを持て余しているギラギラした女が来ると思っていたので、おおっ、来たぜ、と思った。

林 ひど〜い（笑）。ショートカットの普通の女の子だったと思いますよ。

見城 いや、野心満々だと思ったよ。ドン・キホーテみたいだった。ただ、君が『野心のすすめ』で書いたのは、事実と少し違うところがあって、まず、「業界で超有名なこの俺を知らないのか」みたいなのは、最初の一言では言っていなくて、全体の流れの中でそのようなことを言ったんだと思う。最初の一言は「3つの約束をしよう」だった。

林 おっしゃいました。

見城 確かにそう言った。1番目に「小説を書こう。君は直木賞を獲《と》れるからがんばろう」と言った。2番目に「うちでエッセイの連載をしよう。必ずベストセラーになる」と言った。3番目に「俺に惚れないでくれよ」と言った。

林　言った。チューチュー、ジュースを吸いながら（笑）。「私、面食いなんで、そういうことはないと思いますよ」と言いました（笑）。

見城　俺は「女はみんなそう言うけど、結局俺に惚れちゃうんだよね」と言った（笑）。

林　ええ、確かに。

見城　約束通り、「星影のステラ」という最初の短編小説を書いた。ものすごくヴィヴィッドな小説ですよ。俺は編集者として、全力を出し切った。

林　そう。角川書店の「野性時代」に書いたんです。

見城　俺は、大日本印刷の出張校正室で「星影のステラ」を校了したときに、これは直木賞候補になると確信した。

林　なりました。でも、ダメでした。

見城　ダメだったけど、あのころ、林真理子が直木賞候補になるなんて誰も思っていなかったからね。キワモノ扱いでさ。俺はすごく威張って言えるんだけど、そういうマスコミに対して、「何を言うんだ。あんなに文学を身に持っている女性はいない。なぜそれがわからないんだ」と言って喧嘩して回ってたんだ。

林　ありがとうございます。

見城　次に一緒にやったのが『葡萄が目にしみる』ですよ。これも直木賞候補になり勝ち負けまで行ったけど、最後の一章が必要だったか余分だったかで意見が分かれて、「この一章があるからいい」という選考委員が4人、「この一章があるからダメだ」というのが4人、あと1人が中立で、結局、受賞作なしになったんだ。直木賞選考会史上、一番時間がかかった選考会だった。

林　待っていましたよ、長い時間。

見城　最後の一章は、雑誌に発表したときはなかったんだけど、俺が加えようと言って、高校を卒業した後の十何年後かを入れたんだよね。

林　そうでした。

見城　パッとしない自意識過剰な田舎の高校生だった林真理子らしき主人公がどんどん有名になって、高校時代にラグビー部のスター選手だった藤原優《ふじわらまさる》（元日本代表）らしき花形同級生と、どこかのレストランでフランス料理を食べるシーンで終わるんだよ。主人公はあの高校で大スターだった彼と、今、対等になっている。その彼に牡蠣《かき》を食べながら「あんたも私も、本当によかったね」と心の中で言って終わるんだよね。

林　はい。

見城　でも、編集者としては「あんたも私もよかったね」とはとらない。「私は、私は、ここまでのし上がってよかったね」ってとるわけ。一つの野心が成就した瞬間だよね。それが林真理子の文学なんだよ。

林　こんなふうに熱く情熱を込めて過去作を語ってもらったら、作家としてうれしいですよ。今の担当は、若い人ばかりで、あの作品がどうだったああだったと言ってくれる編集者は、なかなかいないもん。

見城　俺たちがあの頃二人三脚で世に出したのは、『街角に投げキッス』や『真理子の夢は夜ひらく』など……。

林　『真理子の夢は夜ひらく』は面白かったですね。風間杜夫さんとの妄想のストーリー・エッセイ。

見城　あれは発明だね。君は妄想がすごいから才能があるんだよ。あのころ、フジテレビのキャンペーンガールをやっていて、その後番組の司会もやった。テレビのレギュラーを持ってたわけだからね。どんどん憧れを手に入れていく。幻冬舎を作ったぐらいのとき、俺は「何もかも手に入れたらダメだ」と言ったんだよ。「何も手に入れていない君が文学なんだ」って。そこで喧嘩になって「失われた16年」が始まったんだ。

林　他にもいろいろありましたけど。
見城　いいよ、今日はそれは（笑）。
林　このあいだ古い日記が出てきて、３日間しか書いていない日記なんだけど、「見城さんと食事に行って、またいやなことを言われた。会えばいつもいやなことを言われてしまう」って書いてありましたよ。
見城　とにかく君と俺は、初めて会ってから毎日のように会い、ごはんを食べ、酒を飲み、会えない日は電話で話し、君も書いているけど、肉体関係のない恋人同士のようでもあったし、兄妹のようでもあったし、親族のような感じでもあった。俺らのあの季節は濃密でしたよ。すごいエネルギーだったね、君も俺も。
林　最近、岸恵子さんの『わりなき恋』（幻冬舎）がヒットしてるじゃないですか。見城さんがすごいなと思うのは、私、美女が見城さんになびいていく瞬間を、若い頃から何度も見ているんだけど……。
見城　いや、そんなことないよ（笑）。俺、もう面食いじゃなくなったし。君はもともと面食いで売っていたけど、本当は君も面食いじゃないよ。
林　あっ、失礼しちゃう。その間、私はちゃんと恋人もいて、ちゃんとお見せしました。全員ハンサムだったと思いますけど。

見城　恋人を見たのは2回しかないよ。一人はハンサムだった。もう一人は高学歴で高身長だったけど、べつにハンサムじゃなかった。旦那はハンサムの部類だね。君が面食いだったら、俺なんかに惹かれないよ。

林　私、覚えてる。「美女ぐらいオトしやすいものはない。君みたいに劣等感でグジャグジャしている女が一番ダメなんだよな」って（笑）。

見城　そんな失礼なこと言わないよ。

林　いや、そうおっしゃいました！　えーと、何を言おうとしたんだっけ。あ、そうそう、岸惠子さんの『わりなき恋』、とてもいい作品だと思いました。見城さんがテレビか何かで岸さんのことを「この人、いつもきれいごとしか書かない」と言っているのを見た岸さんがカッとなって、「じゃ、書きます」と言ったんでしょう？　美女をオトすときと同じ感じじゃないですか（笑）。そこが見城さんのすごいところだと思う。

見城　2007年の元日に、NHK教育テレビの3時間の新春番組で、「知るを楽しむ　人生の歩き方スペシャル」みたいなのがあったのよ。岸さんを中心に4人ぐらいの女性の半生をやって、なぜか俺と辺見えみりがコメントするという番組なんです。岸惠子が旦那と別れるシーンがあるんだけど、彼女の本から描写を取ってきてるわけ。こんなきれいごとじゃないだろうと思って、俺が「結局、何もかもきれいごとですね」と言ったの。

林　よくぞカットされずに（笑）。

見城　それがオンエアされて1ヵ月後ぐらいかな、彼女の友人からファクスが来て、「きれいごとの女かどうか会って確かめてください」って。それで初めて会ったんだけど、彼女の著作を少しは読んで、「やっぱり、きれいごとです」という話を展開したわけ。そしたら『わりなき恋』を書くという話になったんです。「私がきれいごとの女かどうか、書いたもので判断してください」って。

林　岸さん、すごいじゃないですか。ほかの出版社に持っていかずに、見城さんと仕事したというのが。

見城　すごい女性だよ（笑）。でも、「こういうものを書いてください」って題材を決めたのは俺だからね。

林　見城さんがよく言うのは、「ヒンシュクは買ってでもしろ」……。

見城　「ヒンシュクはカネを出してでも買え！」。君も同じようなことを書いているじゃない、『野心のすすめ』で。

林　角川書店を辞めて幻冬舎を作った初期の頃は、確かにヒンシュクを買ったかもしれないけど、今ここまでになったら、あまりヒンシュクも買わないいんじゃないですか。

見城　先行する出版社の常識で戦っていたら、「あいつ、よくやってる」ぐらいしか言われないわけで、「あいつは俺たちと概念が違う。とんでもないやつだ」と言われて初めて勝負になるわけだよ。彼らと同じ土俵で戦っていたら勝てるわけがない。だからあえてヒンシュクを買うことばかりやるしかなかった。でも、ヒンシュクを買ってやってきたことが、勝てば常識と化していくわけ。

林　幻冬舎が創立された頃の『大河の一滴』（五木寛之）、『ダディ』（郷ひろみ）や『弟』（石原慎太郎）、『ふたり』（唐沢寿明）、あのへんのことはみんな言うけど、『血と骨』（梁石日《ヤンソギル》）や『永遠の仔』（天童荒太）などもすごい評判でした。梁石日さんみたいに地味に思われていた作家の本を新聞の一面広告を使ってあれだけ宣伝したのは初めてでしたよね。

見城　そうだと思う。自分が感動するかどうかだからさ。『永遠の仔』だって、ゲラで読んで感動して、25万部売れなければ採算がとれない広告を打ったし、いいと思った作品は、採算がとれなくてもやる。じゃないと出版社を作った意味がない。

林　なるほどね。

見城　『ダディ』なんか売れるに決まってるよね。結婚披露宴のテレビ中継の視聴率がいまだに破られていないぐらいの国民的カップルだったから、誰も不仲だと思っていないわけでしょう。その離婚を単行本でスクープし、離婚届提出日に出版する。記者会見のかわりに、事情は全部書いてあるという本にするわけだから。二人に仲のいい夫婦を演じてもらっていたわけですよ。最後のほうは、この本を出すために離婚する、みたいな感じになっていったんだから（笑）。

林　見城さんがすごいのは、いまだに両方と仲がいいんでしょう？　郷ひろみさんと二谷友里恵さん。

見城　だって両方とも好きだもん。

林　石原慎太郎さんが「僕の親友は見城だけ」ってどこかで書いているのを見たことがあるし、最近、誰かが「あの用心深い楽天の三木谷浩史さんが、どうして見城さんにだけはあんなに心を許すんだろう」って。

見城　へえー。本当かね。俺は編集者だよ。誰に対しても刺激する言葉を吐きたいし、傷口に塩をすり込むこともするけど、薬も処方する（笑）。

林　村上龍さんをはじめ、名だたる作家がみんな見城さんと仕事をしていますけど、作家って一人で孤独な作業をしていてつらいんです。見城さんはこちらのそういう心を読み取って、先回りして言ってくれるし癒やしてくれる。あれは普通の編集者にはできないことですよ。

見城　お世辞を言ってくれすぎだと思うけどね（笑）。

林　私は「見城さんという人は、悪魔的に人の心を惹きつけますよ」と言うんです。悪魔的に、ですけどね。

見城　中瀬ゆかり（新潮社の編集者）が俺のことを「人たらし」と言うんだけど、俺は人たらしじゃないよ。「人さらい」だよ。人をたらし込むなんていう次元じゃなくて、きちっとものを言って、それだけで人の心をさらうんだよ。天気や体調の話をしてもしょうがないじゃない。だからパーティーには出ないの。刺激や発見のない会話ほどつまらないものはない。

林　見城さんはテレビ局の人や芸能界の人ともすごく仲がいいけど、よく会う時間がありますね。

見城　この40年近く、365日毎日会食だからね。例外なく。

林　うちでお茶漬けなんて……。

見城　ない。3ヵ月先まで会食が全部決まっている。急に会食しなければいけなくなると、しょうがないから土日に入れて、土日も入れようがなくなると、会食がランチになるわけ。ランチだけは気楽に食べたいんだけど、週に2回ぐらいはビジネスランチになっちゃう。それが政治家だったり、スポーツ選手だったり、作家だったり、芸能人だったり、テレビ局の人間だったり、ミュージシャンだったり、いろいろ。

林　すごい人脈……。

見城　表面的な付き合いは絶対にしない。付き合うからにはちゃんと付き合う。20代の頃、夜の11時頃村上龍から電話が来て、「今、こんなの書いている」とか1時間ぐらいああでもないこうでもないと話して、やっと終わると今度は宮本輝から電話がかかる。またああでもないこうでもないと話して、終わると今度は中上健次やつかこうへいが酔っぱらって家に来ちゃうんだよ。俺、独身だったし。それでいて、坂本龍一や尾崎豊と毎晩のように飲んでいて、君や山田詠美や森瑤子など、女性作家たちとも会っていたから、どうやって寝ていたんだろうなと思う。

林　ほんとですね。

見城　それはとりもなおさず自分が擦り切れていく作業なんだけどね。

林　つかこうへいさんの『つかこうへい腹黒日記』に、いつも見城さんが出てきましたよね。「俺が悪口を言うならともかく、ほかのやつが見城の悪口を言ったら許さない」みたいな感じで。

見城　それは君も言っていたんじゃない？　「私が見城さんと喧嘩して悪口を言うのはいいけど、ほかの人が言うのは許せない」って。

林　そうでもないけど（笑）。

見城　絶交された「失われた16年」のあいだ、俺は一回も君の悪口を言ったことないよ。

林　すみません。私が人間ができてないもんで（笑）。

見城　君は、野心に対して真っ当な自意識を持っていつつ、一方でものすごい無意識があり、そこが絶妙なバランスになるからチャーミングなの。イヤなやつじゃなくなるわけよ。

林　でも、野心のほうだけ見られちゃうんです（笑）。会うと皆さんから「こんな普通の人だと思わなかった」って言われるんですけど。

見城　いやいや、君は普通じゃないよ。すべてにおいて。

林　そんなことないと思うけどな。いろいろ常識的だし。

見城　すごく過剰。でも、「今、おさまりがついてる」と君は言いたいわけだ。「幸福！」って。

林　違います。作家って、毒を健全な肉体に宿らせる大変な作業なんです。

見城　いいねえ。感動的な表現だ。それをやっているんだ、君は。

林　そう。だから家庭もちゃんとしようと心がけています。

見城　俺、はじめに「3枚のカード」と言ったけど、はじめの1枚は切られちゃったから、これからの2枚は、まず、ここまで来たら女性たちの美への野心と格闘、美に懸けた人生の究極を書かなきゃダメだと思う。もう1枚は、名前は秘密だけど、ある有名な女性を君は書かなきゃいけない。これは凄いことになる。

林　………。

見城　そして、やっぱり『野心のすすめ』は素晴らしい本だよ。だからこそ、今度は俺との濃密な日々を小説で書くべきだ、今の君が。それは他社でやってもいいよ（笑）。

'90 5 18

第一章　人生を挽回する方法

人間関係には
ちょっとしたコツがある

——林

何を指針に生きてゆくかは、若い頃の体験が元になることが多いと思います。若い頃は、誰でもみじめなことや、屈辱的なことがあるのではないでしょうか。それをどれだけ糧《かて》にできるかで、その後の人生の質が決まるような気がします。

今では誰も信じてくれないかもしれませんが、私は少女時代、「遠慮深い子」と言われていました。

学校で先生に無邪気にまとわりつく生徒を見ると、いつもこんなことを思っていました。

「どうしてあんなふうに先生のところに行けるのだろう。自分が邪魔かもしれないなんて、考えたこともないにちがいない」

友達の家に遊びに行くと、いつもモジモジし、帰る時間ばかり気にしていました。

「私、ここにいてもいい？　邪魔じゃない？　本当にいても構わないの？」

何も悪いことをしていないのに、「今日は、全部私がするから」と、みんなが帰った後も、一人黙々と教室の掃除をしたりしました。

いつも自信のない負のオーラを、体から発していたと思います。そんな生徒は、からかいたくなるでしょう。今考えると当然なのですが、当時の私は、まったくわかりませんでした。

実際、私はいつもいじめられたり、仲間外れにされたりしていました。いじめは、たたかれたりする物理的なものよりも、心理的なもののほうが辛いことは、よく知っています。男の子にひどい言葉を浴びせられる、近づくとばい菌がつくと言われて逃げられる、みんなから無視される……どれも経験があります。いじめによる自殺は、あってはならないと思いますが、その気持ちは痛いほどわかります。子供から大人に変わる思春期は、心がとても不安定で、死を身近に感じています。死ぬことも、ちょっと隣町に行くような感覚でとらえるところがあります。

親や先生は、よく私に言いました。

「気にしてばかりいるから、いじめられるのよ。もっと強い心を持ちなさい」

でも、私は、「強い心」がどんなものか、いくら考えてもわかりませんでした。わからないものを持つことなど、できるはずがありません。

その頃、私の一番の願いは、「誰かの心と私の心を、丸ごと入れ替えてほしい」というもの。それ以外、方法はないように思えたのです。

中学三年生頃になると、女子からも何となく差別されるようになりました。女子には男子より厳しいヒエラルキーがあります。

当時、私くらいの成績だと、女子校に行くのが普通でした。私はこのまま、女子校に進むのは、耐えられないと思いました。女同士特有の、もっと陰湿ないじめが待っているにちがいありません。

私は、どうしても男女共学の高校に進学したいと思いました。そこで、県立の日川《ひかわ》高校を志望します。日川高校は、総合選抜が行われる前は地元では名門校として知られ、女子は中学の成績が10位以内でなければ入れません。

でも、私は勉強が嫌いで、当時は怠け者です。私は、「将来、どうしても大学に進学したいから」と、担任の先生に必死でお願いしました。先生は根負けし、

「お前の成績じゃ、本当は行かせたくないんだが、男にもまれるのもいいかもしれないな」

こう言って、内申書の宛名を書き換えてくださったのです。私は日川高校に受かりました。

この抜け駆けで、私は同級生の女子から、ものすごい妬《ねた》みを買いました。でも、高校生になれば、女子校に行く彼女たちとは、もう会うことはありません。

この時の同級生にA子ちゃんがいました。女子校に進んだA子ちゃんは、その後、部活の試合で、私たちの高校に来たことがありました。私とばったり会い、A子ちゃんは、突然、周りに聞こえるように大声で言いました。

「マリちゃんはいいよねー。男に不自由しなくて」

それほど私に向けられた妬みは、根深かったのです。

男女共学の進学校に入ったことで、私を取り巻く状況はガラッと変わりました。成績の悪いいじめっ子もいなければ、女子の陰湿なヒエラルキーもありません。それに私自身、人間関係の心得が多少できました。私は「面白い子」ということになり、多くの生徒が近づいてきて、先生のお気に入りにもなりました。学園祭の演劇では、ヒロインまで務めました。

人間関係には、コツがある――。このことを私は、中学から高校に上がる際に知り、身につけたのだと思います。私は、「大らかですべてにさっぱりしている人」ということになりました。現在の私も、おおよそこの延長にあると言っていいと思います。

ほんの少しの心がけで、人間関係は大きく変わります。でも、それは、昔親や先生が私に言った、「強い心を持つ」こととは違います。私は今でも傷つきやすい心を持っています。それを表に出さず、他人との距離やタイミングをうまくとることで、防御する術《すべ》を覚えたのです。

「三つ子の魂百まで」と言うように、人間の心は、簡単には変わらないのではないでしょうか。状況を変えたいなら、自分を変えるのではなく、人間関係のちょっとしたコツを覚えること。コツというのは経験を積めばわかってきます。

「なんだ、こんなことでいいのか」

「なんだ、こんなことで人の気持ちはよく変わるんだ」

と、ひとつひとつ頭に憶えていくことなんです。

コンプレックスを仕事に生かせ

——見城

劣等感があるからこそ、頑張って、人の何倍も努力をする。そんなことは当たり前だ。でも、コンプレックスだらけというのはどうだろうか？　そこから這い上がるのは容易ではない。

僕の場合、容姿のコンプレックスが尋常ではない。僕は、思春期から自分ほど醜い男はいないと思っていた。身体も小さかった。中学時代、僕は休み時間に、トイレに行けなかった。トイレの周りには、生徒がたむろしているため、彼らが僕の顔を見て笑うのではないかと、怖かったからだ。僕はいつも、授業中に手を挙げ、先生に断ってトイレに行っていた。

林さんと同じく、僕も中学の頃、かなり辛い学校生活を送った。

勉強もできないし、芸術的な才能もなかった。美術史や音楽史は少しできたが、絵も楽器も下手だった。

とりわけ悲惨なのは、体育だ。体を、自分の思った通りに動かすことができなかったのである。理論的にわかってはいても、体が言うことをきいてくれない。走るのも遅いし、スタミナがないため長距離走も大の苦手だった。筋肉もまったくない。とにかく、いいところがないのだ。

そういう生徒が笑い物にされるのは、いつの時代も変わらない。

僕も林さんと同様、いじめられっ子だったのだ。

自分が自意識過剰であることはわかっていた。必要以上に自分がどう見られているかを気にし、格好をつけたり、恥ずかしがったりしていたのだ。そうした不自然な態度がからかいや憎しみの対象になり、僕はクラスで仲間外れにされていた。

修学旅行の班を決めるときも、僕だけどこにも入れてもらえない。休み時間、親しげに話しかけてくる友人もいない。学校のどこにも、僕の居場所はなかった。

その頃、僕には「タコ」というあだ名が付いていた。まん丸な顔で、よく赤面していたからだ。

今でも屈辱として記憶に残っているのは、分度器で鼻の角度を測られたことだ。ほかの生徒に比べ、僕は一番角度が小さかった。僕の鼻が非常に低いということだ。僕は、泣き出したいのを、必死でこらえた。

屈辱的な思い出は、ほかにもたくさんある。そして、いつそのような目に遭うかと、僕は毎日学校でビクビクしていた。

しかし、僕はいじめられることを、「自分が望んだことだ」と自分に言い聞かせていた。だからクラスメイトの前では、わざと口を尖らせ、手をクネクネさせてタコの真似《まね》をしていた。

「僕のあだ名がタコなのは、似ているからじゃない。自ら真似をしているからだ」

そう思うことで、僕は何とか小さなプライドを保っていた。

実際、僕は悲しいピエロだった。自ら道化を演じなければ、もっと傷ついてしまうような気がしていたのだ。

僕にはたった一つ救いがあった。

それは、本を読むこと。読書をしている間は、誰も僕の邪魔をしない。本の世界に入れば、僕は想像の翼を自由に羽ばたかせることができた。誰にもいじめられない、除《の》け者にもされない。僕にとって本は、辛い現実を忘れさせてくれる魔法の道具だった。

学校の図書館にあるめぼしい本は、ほとんど読んだ。

中でも、僕の好きな本には、２つ特徴があった。

一つは、「野生のエルザ」シリーズや「ドリトル先生」シリーズなど、人間と動物の交流を描いたもの。そういう世界に憧れたのは、僕がいかに人間関係で疎外されていたかを物語っている。

もう一つは、小田実《まこと》の『何でも見てやろう』や植山周一郎の『サンドイッチ・ハイスクール』、加藤恭子の『ヨーロッパの青春』のような旅行記や留学記。当時は今とは違い、外国へ行くことは、多くの人にとって、夢のまた夢という時代だった。僕は疎外感ゆえ、〝ここではないどこか〟に憧れたのである。

しかし、人並みはずれた劣等感こそ、自分を見つめるための原動力になると僕は思う。

これは作家でもそうだ。作家は、みんな強い自意識を持っている。自意識は、劣等感を意識するところから始まる。そして自意識を見つめれば見つめるほど、当然、作品も面白く、深くなってゆく。

これは小池真理子さんのような、美人と呼ばれる作家でもそうだろう。人は美人だと思っても、本人は自分のルックスが大嫌いかもしれない。他のことでも必ず劣等感があるはずだ。自分を見つめることができなければ、あのような力のある作品は書けない。

　では、編集者である僕は、どうか。僕は自分に強いコンプレックスを持っているため、作家と話していると、その人のコンプレックスをすぐに嗅ぎ当てられる。僕はコンプレックスのデパートなのだ。これは一種の特技と言っていい。僕は作家に、そこを掘り下げて書くように進言する。コンプレックスのある所にこそ、文学的な黄金の鉱脈があるからだ。

　編集という仕事は、僕の天職だと思っている。それは少年時代から抱えた、強いコンプレックスと闘い続けたおかげなのだ。

相手にうまく乗せられることの大事さ　――林

自分の人生を、より高いステージに引き上げてくれる人物がいます。人間一人の力には限界があります。これからという時期に、有能な人物や強いエネルギーを与えてくれる人物といい関係を結べれば、能力は何倍にもなり、将来は大きく広がります。私にとって、若い頃出会った見城さんは、まさにそういう人物でした。

見城さんに初めて会ったのは、私の処女作『ルンルンを買っておうちに帰ろう』が出てしばらくした頃。待ち合わせ場所の喫茶店に行って、私は驚きました。編集者には、見るからに文系の痩せた人が多いのですが、見城さんは、体格がよく筋肉質だったからです。

出版界ではすでに有名人だった見城さんを、私は知りませんでした。向こうが名刺を差し出しても、私がわからずにいると、「なんだ、僕を知らないのか」と、いきなり怒られました。見城さんは、

「僕、いい体してるだろ。今もスポーツクラブに行ってきたんだ。おっぱいも動くんだぜ」

こう言うと、ぴったりしたTシャツに浮き出た乳首を、ピクピクと動かしてみせました。

私は呆然《ぼうぜん》としました。

トレーニングの後で、喉がかわいていたのか、見城さんはオレンジの滓《かす》を上唇にたくさんつけたまま、オレンジジュースをストローでチューチューと音を立てて吸います。そして、私をじっと見つめて、こう言いました。

「いいよ、あんた。すごくいい」

「何がですか？」

「あんたのこと、もしかしたらただの嫌な女じゃないかと思ってたけど、一目見てわかったよ。あんたは全身が、かさぶたまみれで、膿《うみ》がふき出してる。あんた、いいものが書けるよ」

それから見城さんは、有名な直木賞作家を何人かあげ、受賞作はすべて自分が担当したのだと言いました。これは、一種の自慢にちがいありません。でも、不思議なことに、嫌味はまったくありません。それは口調があまりに自信に満ち、無邪気だからです。そして見城さんは、驚くべきことを口にしました。

「僕はすぐにわかったよ。君は直木賞を獲れるよ」

私はさすがにデタラメだと思いました。そのときエッセイは書いていましたが、小説はまだ書いていなかったからです。

「私、小説なんて書いたことないし」

「だから、言っているじゃないか。君は小説を書ける人だって。君はこれから小説を書き、絶対に直木賞を獲る」

私はまるで催眠術にかかったように、話に引き込まれていました。見城さんは、とにかく断定的に物を言うのです。この話術が、見城さんの真骨頂なのだと思います。言われるほうは、とにかく気持ちがいい。そして、いつかその気になるのです。見城さんは、私をテレビに出てエッセイも書く、ただのチャラチャラした女だと思っていたけど、エッセイを読んで、その才能に驚いたのだと言います。

「でも、今のままだと、君は流行《はや》りの見世物女で終わっちゃうよ。それでいいはずがないじゃないか。そうだろう？」

私は、ぐっと息をのみました。一番痛い所を突かれたからです。

「よし、僕と3つの約束をしよう。1つ目は、小説を書くこと。これは1作目で、直木賞候補になる予感がする。２つ目は、うちでエッセイの連載をしよう。面白い企画を、僕が、考える。そして３つ目は……僕に、惚れないでくれ」

私は意表を突かれ、声を出して笑いました。すっかり打ち解けた私は、こう返しました。

「私、昔から面食いとか、男の趣味がいいとか言われてるんです。だから大丈夫、心配しないでください」

「女はみんなそう言うけど、結局俺に惚れるんだよな」

私はのけぞり、さらに大きな声で笑いました。

それから見城さんと私は、食事をしたり飲みに行ったり、ほとんど毎日会うようになりました。80年代のバブル前夜、華やかな時代です。私たちは、いわば肉体関係のない愛人のようなものでした。精神的には、誰よりも深くつながっていたと思います。

一度こんなことがありました。二人でいて、たまたま見城さんの家の前を通りかかった時、

「電気ゴタツを消し忘れたかもしれないから、ちょっと寄るよ。君も来て」こう言われ、私も中に入りました。

「もしかしたら、変なことをされるかもしれない」そう思って、ドキドキしたのですが、結局、何もありませんでした。

このことにも関連しますが、私が見城さんを信頼できると思ったポイントは、彼が下ネタを嫌がること。誰かがいやらしいことを言うと、下品だからやめろと言います。これはマスコミの世界で生きる人には、珍しいことです。

私が、小説家として第一歩を踏み出せたのは、見城さんの力添えがあったことは間違いないでしょう。とにかく見城さんは、人を乗せるのがうまい。懐に入り込み、持ち上げたかと思うとこきおろし、揺さぶりながら相手を自分のペースに巻き込んでしまいます。それだけでなく、相手の将来をはっきり見通しています。「直木賞を獲ろう。ベストセラーを出そう」これが、当時の私たちの合言葉でした。

「この人は」と思う人物に出会い、信頼できると思ったら、うまく乗せられることが大事ではないでしょうか。そこからステップアップし、未来は大きく広がってゆくにちがいありません。

自分の資質をなるべく早く見極めよ

——見城

僕が林さんにアプローチしたのは、ほかの編集者より少し遅れてからだ。エッセイも書く流行りの女性タレントなど興味がないと思っていたからだ。

ところが、『ルンルンを買っておうちに帰ろう』を読んで、驚いた。すごい才能だと思った。僕はあわてて林さんに会いに行った。

林さんの文章は、過剰なものを抱えている人のものだった。過剰とは、普通に生きているところから、はみ出してしまうという意味だ。自分と折り合いがつかないということでもある。それを表現することにより、自分と折り合いをつけるのが、作家などの表現者なのだ。僕は読むのが遅くなったことを悔やんだ。ただ、当時アプローチした編集者の中で、林さんが小説を書けることを見抜いていたのは、僕だけだっただろう。

僕が文芸と関わるきっかけになったのは、作家の高橋三千綱だ。まだ廣済堂出版にいた20代前半の頃、当時東京スポーツ新聞の記者だった高橋三千綱と知り合った。僕が編集した本を、東京スポーツで取り上げてくれることになり、打ち合わせをしたのが縁の始まりだった。

数日後、朝日新聞の文芸時評を読んでいて、あるくだりが目に留まった。

「群像新人文学賞を受賞した、高橋三千綱氏の『退屈しのぎ』は、日本の風土にはない作風で……」

同姓同名の別人かもしれないと思いながら、僕は東京スポーツ新聞に電話した。

「群像新人文学賞をお取りになったのはあなたですか？」と聞くと、高橋三千綱は「そうです」と言う。

「じゃあ、ぜひお祝いさせてください」

一緒に食事をしたのをきっかけに、僕たちは急速に親しくなった。

初めてできた、作家との付き合いである。文芸編集者を目指していた僕の胸は躍った。

ある晩、少し遅れて待ち合わせ場所のバーに行くと、高橋三千綱の隣に知らない男が座っていた。プロレスラーのようにがっしりとした体をしているにもかかわらず、どこか繊細な雰囲気を持つ男だった。

高橋三千綱は彼を、「作家の中上健次だ」と僕に紹介した。

故郷である紀州熊野の「路地」を舞台に数々の小説を書き、後に『岬』で、戦後生まれ初の芥川賞作家になる中上健次も、当時20代後半。駆け出しの新人作家だった。

体格についてほめると、執筆だけでは生活することができず、羽田空港で貨物の積み下ろしをしているのだと自嘲気味に言った。

その後、僕は中上健次と親しくしていた立松和平とも知り合い、作家との付き合いが充実してゆく。

実はその頃、僕も小説を書いていた。手前味噌だが、なかなか面白い作品が書けているという自信もあった。入社した廣済堂出版を辞めて、作家になろうかとも思っていた。

だが、生活を考えると、会社を辞めることは躊躇《ため》われた。同期社員だった女性と結婚したばかりだったからである。

僕は若い作家たちと、連日のように新宿のゴールデン街を飲み歩いた。ときには議論が白熱し、殴り合いの喧嘩になることもあった。

会社を辞めて作家になるか、僕の心は揺れていた。組織に縛られない、自由な生き方に対する憧れもあった。

しかし、彼らとの付き合いが深まるにつれ、僕ははっきりとあることを自覚した。

それは、「この人たちは、書かずには生きていけない」ということだ。

彼らは自分の中に、浸《し》み出す血や、それが固まったかさぶたや、そこから滴《したた》る膿を持っている。それらを表現としてアウトプットしなければ、自家中毒を起こし死んでしまうのだ。

それだけのものは、僕にはない。書かなくても、僕は生きていける。

特に中上健次には、作家になる宿命を感じざるをえない。

中上は被差別部落に生まれ、異母異父兄弟の入り乱れた複雑な家庭環境で育った。字が読めず、本を読むと気が狂ってしまうと信じていた母親、柿の木で首を吊って死んだ兄、親族の間で起きた、凄惨な殺人事件――。

それらはすべて、中上に小説を書かせるための、神の采配であったような気がしてならないのだ。中上は酔うとよく、「俺はここにいない。ここに俺はいないいんだ」と言った。新宿の路上で、「俺は空っぽだ、がらんどうだ！」と叫びながら、酔いつぶれていた中上の姿が印象に残っている。

中上の中に、どのようなカオスと虚無があったのか、僕にはわからない。体格の良さにもかかわらず、どこか絶望の匂いがする男であった。ふと目を離した隙《すき》に、消えてしまいそうな昏い眼をしていた。現実社会に自己を繫ぎとめるため、中上は書くという作業をする必要があった。酒と性と暴力に溺れる生活の中で、書く以外の救いはなかった。

　僕にはそれだけのものはない。僕はやはり、彼らを支える文芸編集者になろう、いや、なるしかないと思った。

　作家たちとの交流によって、僕が自分の資質を発見できたことは幸運だった。人生の早い時期に、自分の資質を自覚できることは、とても大事だ。そこから人生において、自分がやるべきことがハッキリしてくるからである。

　そのためには刺激を与えてくれる人間や、強く惹き付けられる人間と、濃い関係を持つべきだ。

　僕は中上健次や高橋三千綱らと毎日のように飲むことによって、自分の進むべき道を選択した。変化や刺激、発見のない人生は、つまらない。僕の人生は音を立てて、変わっていった。

パートナーを信じることで結果が得られる

——林

私が直木賞を獲れたのは、やはり見城さんの支えが大きいと思います。

見城さんの担当で「野性時代」に書いた小説が、直木賞候補になりました。一つは「星影のステラ」。もう一つは、『葡萄が目にしみる』。

とくに『葡萄が目にしみる』で、直木賞の結果待ちをしたときのことは、強く印象に残っています。場所は高層ホテルのスィートルーム。夜景がとてもきれいで、首都高速に連なる車のヘッドライトがネックレスのように見えました。そこにいるのは、見城さんと私のほか、3人の編集者。

直木賞の結果を待つ空気は独特で、非常にデリケートなものがあります。見城さんだけは、そうした空気を気にせず、自由に振る舞っていました。でも、それは、変な重苦しさを避けるための、デリカシーだったかもしれません。

「遅いなあ、もう電話があってもいい頃なんだけど。そろそろ発表があってもいいよ。落ちたとしてもテレビのニュースでやるし、文春の担当者が、こちらに連絡をよこしてくれそうなもんだけどなあ」

見城さんは、私たちが一番気にしていることを、はっきり口にしました。

直木賞の選考は、6時頃始まり、2時間ほどで終わるのが通例です。受賞が決まった作家へは、日本文学振興会から電話が入ります。それはこのようなものです。

「おめでとうございます。ついては記者会見がございますので、東京會館へおいでください」

そのため候補になった作家は、居場所と電話番号をあらかじめ伝えておくのです。落選した場合でも、審査会場に行っている関係者が、電話をくれることになっています。

その時、電話がけたたましく鳴りました。私は、この時ほど電話の音で驚いたことはありません。部屋の空気を、刃物でスパッと切り裂くような音です。

「そらきた！」

見城さんは、電話に飛びかかり、受話器を取りました。私の足は、ガタガタ震えています。心臓が形を持つ物として、ゴトゴト揺れています。私はあまりの息苦しさに、本当に死んでしまうのではないかと思いました。

電話は、私の秘書からでした。テレビ局をはじめ、報道陣が私の事務所に押し掛け、大変なことになっていると言います。もし落選しても、記者会見してくれとのことです。その頃私は、テレビや雑誌に出まくっていました。

見城さんは、言いました。

「君も本当にかわいそうだよなあ。こんなふうにタレントみたいに騒がれるから、選考委員の心証が悪くなっちゃうんだよ」

選考委員である大家の一人は、テレビにチャラチャラ出ている女に直木賞などやれないと、公言したといいます。

「だけど、獲りたいよなあ。二人であんなに一生懸命やったんだもんなあ」と、見城さん。

予定の8時を過ぎ、9時になっても、連絡は来ません。

見城さんはしびれを切らし、文藝春秋の知り合いに電話で探りを入れました。そして、私の作品と別の方の作品が争い、なかなか結論が出ないことがわかりました。

電話を切り、選考委員の誰が私を推《お》しているかを推測し、私に説いて聞かせます。でも、私はそれどころではありません。「待つ」という行為の、拷問のような辛さは極限に達し、先ほどから震えが止まりません。とにかく寒いのです。

私はグラスに注がれたワインを、一気に飲み干しました。すると今までに経験したことのない酔いのため、私はソファに倒れ込んでしまいました。

「私、ほしいわ、直木賞。どうしてもほしい」

酔いに任せて、私は熱っぽく本音を口走りました。これまで、賞とはまったく無縁の人生を送ってきただけに、思いが募っていました。

「まあ、まあ、そんなにあわてるなって」

見城さんは、後ろから私の肩に手を置き、気をはやらせる私をたしなめました。いつの間にか、立場が逆になっています。私は肩に置かれた手に、同志としての温《ぬく》もりを感じました。

「考えてもみろよ、君は小説を書き始めて、まだ半年だ。直木賞は、30年書き続けてようやく獲れたっていう人が、ゴロゴロいるんだよ。こんなに早く候補になったっていうだけでもすごいことさ。もし今回ダメでも君は2年以内に間違いなく獲る。それは僕が保証するよ」

私は、心強さに思わず涙ぐみました。

その時、電話が鳴り、見城さんが受話器を取りました。そのやり取りを聞いて、私は、悟りました。私は、落選したのです。

「駄目だった、残念だ」

見城さんは、とても優しい目で私を見ました――。

その時は落選しましたが、翌年、私は見城さんの言葉通り、『最終便に間に合えば／京都まで』で、直木賞を受賞しました。私は、見城さんから編集者の〝シゴキ〟を受け、一生懸命原稿を書き、それが実ったのです。

見城さんが名編集者であることは、疑う余地がないと思います。

その頃、私の仕事上かつ、精神的なパートナーは、間違いなく見城さんでした。私は見城さんを信じ切り、付いてゆきました。

何事でも、信頼できるパートナーには、すべてを委《ゆだ》ねるぐらいの気持ちでいいのだと思います。そうすれば、不安は生まれません。これは若い時だからできたことかもしれません。同時に、若い時だからこそ私に与えられたチャンスなんです。

細かいことにこだわり抜け

――見城

「神は細部に宿る」と、ある建築家は言ったが、それは小説にも当てはまる。小説だけではない。仕事、人生など、万事について言えることだ。

林さんの短編小説「星影のステラ」を印刷所で出張校正し、校了した時、僕はこの作品が直木賞候補になる確信を持った。その通り、「星影のステラ」は候補になった。

当時を振り返ると、林さんが、直木賞を受賞することはおろか、候補になることさえ、誰も思ってもみなかった。林さんを、すぐ消えていく、キワモノめいたテレビタレントと見る向きが多かったからだ。

かくいう僕も、あまり人のことは言えない。当初は僕も、林さんをそのように思っていたからである。

ところが、初エッセイ『ルンルンを買っておうちに帰ろう』を読んで、僕は驚き、考えを改めた。そこにあるのは、まぎれもなく表現者の文章だったからだ。

それから僕は、林さんの作家としての才能を否定するような輩《やから》に出会うたび、喧嘩を吹っ掛けた。

「何を言うんだ。あれほど自分の中に文学を持っている人はいない。お前には、それがわからないのか」

林さんと僕は、一体どれだけ小説の議論をしただろう。それはまさに、格闘と言っていい。広げた原稿を前に、僕が声を荒らげることもしばしばだった。

「この登場人物は、どんな人間なの？　読んでも、少しも浮かんでこない。体臭がまったく伝わってこないんだよ。背が高くて、痩せていて、煙草を吸っているため声がしゃがれてるって書いても、ただの羅列だよ。小説になっていない。小学生の作文だよ」

小説は、文章描写の芸術である。しかし、ただの描写ではいけない。細部を描くことによって、人物なら人間性や肉体を感じさせ、その人の人生まで表現しなければならない。

小説の初心者は、なかなかこれを理解できない。僕は、それをわかってもらうため、林さんにこんな話をした。

「たとえば、男が喫茶店に座っている。そこへウェイトレスが、コーヒーを運んできて、前かがみになり、テーブルに置こうとする。その時、Tシャツの裾がめくれて、へそが見えた。どんなへそか。ただのへそと書くのか。それとも、縦長のへそと書くか。全然違うだろ。そうやって、細部を書き込んでゆくから、小説になるんだよ」

一度しか出てこない人物でも、生々しく描かなければならない。ウェイトレスがコーヒーを置いた時にのぞいたへそを、「縦長の」にするか、「産毛が生えた」にするかで、その人の人生は違ってくる。芝居や映画だと、役者の顔や体が見える。しかし、小説はそうではない。だから、細部を生々しく描くことが大事なのだ。

そして、もう一歩で直木賞を逃した『葡萄が目にしみる』。

主人公は、自意識だけが強い、あまりパッとしない田舎の女子高校生。これはもちろん、林さん自身がモデルだろう。多感な少女時代を瑞々しく描いた、素晴らしい作品である。

単行本にするさい、僕は、雑誌の掲載時にはない、最後の一章を書き加えてもらった。それは主人公が、卒業後有名になり、高校時代ラグビーのスター選手だった憧れの同級生と、フランス料理店で牡蠣を食べるという、エピローグとなる章だ。

主人公が、昔の憧れの男性と対等に食事する場面を加えることで、林さんに複雑な達成感を表現してもらいたかった。林さんの文学とは、人生を獲得する文学なのだ。

直木賞の選考では、この最後の章をめぐって、激しい議論になったそうである。選考会は普通、2時間ほどなのに、4時間以上かかり、これほど長くなったのは例がないという。直木賞を逃したことは残念だが、林さんに最後の章を書き加えてもらったことは間違っていなかったと、今でも僕は思っている。

以降、林さんは、細部を生かすことをはじめ、小説を書く技術を体得していった。そして直木賞を受賞し、今や文壇を代表する作家である。

ところで、細部にこだわることの大事さは、小説に限らないと僕は思う。ビジネスもそうだ。

ビジネスとは一般的に、合理的な経済活動と思われている。そのため、人間的な要素を軽視する人が少なくない。しかし、ビジネスは、何よりまず、人間の営みである。それは多くの感情的な細部から成り立っている。

たとえば、待ち合わせの時間。遅刻さえしなければいいと思う人が多いのかもしれないが、僕はそうは思わない。僕は初対面の場合、必ず30分前に到着するようにする。人を待たせるのが嫌だからというだけではない。その真剣さが相手に伝わることで、ビジネスにプラスの結果をもたらすと思うからだ。

経験上言うと、大きな会社の人間は、遅れることがよくある。それは、自分の属するブランドにあぐらをかいているからだ。

こういうことが続けば僕はその人間とはビジネスをしない。後で泣きついてくることがあっても、心を許すことはまずない。

名刺もそうだ。僕は、たとえ相手が知り合いになりたくない人であっても、こちらが名刺を切らしていたら、お詫びの手紙を添えて、速達で送るようにしている。

名刺交換は、いうまでもなく初対面同士の最初の儀式である。名刺を渡す瞬間に、相手の人となりはわかるものだ。どんなに腰を低くしても、気持ちが入っていなければすぐにわかる。

ビジネスは、人間対人間の生々しい営みでできている。それは小説が、息づく細部から成り立っているのと、よく似ている。

それをどこまで理解し、実行できるかで、結果には雲泥の差が生まれる。

スランプの過ごし方で、未来は決まる　——林

見城さんと私には、最近まで16年間の空白がありました。見城さんが幻冬舎を立ち上げて間もなく、私たちは訣別してしまいました。

それまで私たちは、肉体関係のない愛人といわれるほど近い間柄でした。二人は性格もよく似ているため、反動も大きかったのだと思います。

訣別のさい、私が何を言い、見城さんに何を言われたかは、ほとんど忘れてしまいましたが、一つ覚えているのは、「だから、お前の本は売れないんだよ」と言われたこと。

この言葉は、私の胸にぐさりと刺さりました。実際、私の小説は、直木賞受賞以降売れていなかったのです。

私は霧の中の10年と、自分で呼んでいる時期にありました。いわゆるスランプです。

直木賞をいただくまで、私は自分に「作家」「小説家」という肩書を許したことはありません。見城さんにしごかれ、力を付けている実感はありましたが、自分から「作家」と言ったことは、一度もありませんでした。

当時私は、『ルンルンを買っておうちに帰ろう』がベストセラーになって以来、テレビや雑誌に頻繁に出ていて、ものすごく忙しかった。それでも毎晩机に向かいました。

もともと私は、1〜2行で済むからという不純な理由でコピーライターになった人間です。にもかかわらず長い原稿を書き続けられたのは、やはり直木賞を獲りたいという思いが、強かったからだと思います。

私には、強い逆風が吹いていました。選考委員の一人に、しょっちゅうテレビに出ている私のような軽薄な人間には、絶対に直木賞を与えないと公言していた人がいたほどです。

もちろん、直木賞をいただいたことは、私にとって大きな喜びでした。でも、私を非難する声は、相変わらず聞こえてきました。

「あんなヤツに、直木賞を獲らせるなんて」と、その声はかえって強まってさえいました。

私は、直木賞を獲っただけで終わりたくありませんでした。いい作品を書いて、作家としての地位を築きたいと思いました。そうすれば、耳障《みみざわ》りな声も止むにちがいありません。

恋愛小説だけでなく、伝記小説、家族小説など、いろんな小説を書きました。自分でも、よく書けたと思うものはありましたが、やはり売れません。

落ち込んだ時、私の脳裏には、見城さんの顔と声が浮かびます。

「だから、お前の本は売れないんだよ」

訣別するまで見城さんは、心から尊敬できる存在でもありました。何と言っても、私に小説家の道を開いてくれた人です。

その見城さんが、今はもう私のそばにいないのです。

一方で、見城さんを見返してやりたいという気持ちもありました。見城さんは、私の小説は売れないと言ったのです。もし売れれば、あっと言わせることができます。

売れない作品が続けば、その作家は消えてゆくことになります。それがこの稼業の厳しい現実です。でも、それを怖がっていては、何も書けません。売れるか、売れないか、そんなことはわからない。それでも、がむしゃらに書き続けました。そして、ある種の達観に至ることもできました。

新聞や雑誌の連載を何本も引き受けました。そんなに書くと、筆が荒れるからやめたほうがいいと、忠告する人もいましたが、私は聞き入れませんでした。

スランプとは、濃い霧の中をさまよい歩くようなものです。先は何も見えません。でも、私の中には、書けば書くほど力が付いてゆく実感があったのです。

誰でも、成長する時は、背伸びが必要だと思います。その時は、許容量を超えるぐらい頑張ることが必要ではないでしょうか。

「自分の力はこれぐらいだ」と、あらかじめ決めてしまうことは、よくないと思います。潜在的な力があっても、自分で枠を決めてしまっては、成長は止まってしまいます。それでは、すごくもったいないと思います。

とくにスランプはそうです。スランプは、たくさん吸収できる時期でもあります。だからこそ、普通以上の粘りが必要なのです。

その辛い時期、私が頑張れたのは、やはり見城さんの存在があります。これは以前とは違い、逆説的な意味です。

何とかして見城さんを見返してやる。その思いが、私の発奮材料になりました。

そして、直木賞受賞から10年たった1996年、ついにスランプから脱け出す時が来ました。私の書いた不倫小説『不機嫌な果実』がベストセラーになったのです。

私は、快哉を叫びました。

「見城、見てる!?」

振り返ると、スランプの10年間、頑張り続けたからこそ、私は今も作家を続けていられるのだと思います。

それは私にとって、とても誇りに思える期間です。

そのあいだ私は、かつての盟友見城さんを、仇敵《きゅうてき》として意識し続けていました。

辛い時期の過ごし方で、その後はまったく違ってきます。投げ出せば、すべては終わりです。しかし、実力の蓄えられる時期でもあります。

オタクと呼ばれることを恐れるな

――見城

　林さんと訣別し、空白期間が16年にも及んだことは、やはり僕には辛かった。僕ら二人は、普通の人生には収まりきらない過剰なものを抱えている。僕らは魂の双生児と言っても過言ではないほど、よく似ていた。

　だからこそ、一旦反目すると、近親憎悪的な強い力が働いてしまったのだと思う。当時僕は、いつも林さんに批判めいたことを言っていた。それは一にも二にも、林さんにいい作品を書いてもらいたかったからだ。そのもどかしさが極点に達し、僕らは訣別してしまった。

　僕は、林さんの文学の原点は、直木賞を惜しくも逃した『葡萄が目にしみる』だと思っている。これは「野性時代」の編集者だった僕が担当し、二人で懸命に取り組んだ作品だ。

『葡萄が目にしみる』は、林さん自身の高校時代を材料にしたものだ。単行本にするさいに、僕は大人になった主人公が高校時代のラグビー部のスターだった男性と一緒に食事する場面を最終章として書き加えてもらった。

なぜ、そうしてもらったかといえば、それが出世した主人公の復讐になるからだ。

僕は、この精神的な飢えこそが、林さんの文学だと考える。これがあるからこそ、林さんの作品は瑞々しいのだ。

僕は、直木賞を獲ったあたりから、林さんがこの飢えをなくしていったように思えてならなかった。

金、人気、名誉、結婚……林さんが、自分の望むものをどんどん手にしていったこと。これは構わない。

しかし、何を得ても、心の奥底には、やはり飢えがあるはずだ。そこに焦点を合わせ、掘り下げてゆくからこそ、林さんの文学は光り輝くのだ。

林さんは、幸福に安住し始めているように僕には思えた。それでは、林さんの文学は、生きたものにならない。もどかしさから僕は、林さんに随分ひどいことを言ったと思う。今では、それをとても申し訳なく思っている。

僕はとにかく、才能のある人間が好きだ。僕が編集の仕事をしているのも、いろんな才能に出会えるからだ。

才能は僕を熱狂させてくれる。僕は、この熱狂がほしいのだ。もっと言えば、僕は自分の人生すべてを、熱狂で埋め尽くしたい。だから、才能のある人に出会うと、僕はできる限り刺激を与えようとする。そのことで、いい作品が生まれたら、僕の熱狂はさらに高まる。

林さんが、僕を熱狂させてくれる才能の持ち主であることはいうまでもない。だからこそ、厳しいことも言ったのだ。

すべての素晴らしい作品は、たった一人の熱狂から生まれるのだと思う。逆に、熱狂のないところに、創造はない。熱狂のないところから出てきた作品は、結局、人の心に響くことはないだろう。

林真理子も文章を書くことにたった一人で熱狂していたのだ。

このたった一人の熱狂がやがて大きな渦となりたくさんの人々を巻き込んでいく。

林さんと出会ってすぐ、僕は彼女の文学的才能に熱狂した。その時、彼女には、すでに多くの人が群がっていたが、彼らはその時の一時的な商売を考えていただけだ。

僕の彼女に対する評価は独自であり、孤独だった。彼女の奥深さを少しも理解しようとしない人間と、僕はよく喧嘩をしたものだ。

孤独な熱狂は、やがて燎原《りょうげん》の火のように燃え広がってゆく。僕は、彼女が直木賞作家になり、いまでは文壇の大御所として直木賞の選考委員を務めていることを、我が事のように誇りに思う。

しかし、正直に言うと、そう思えるようになったのは、最近だ。空白期間中、僕はある時ふと、林さんが直木賞の選考委員になったら嫌だなと思った。そうなれば、林さんは幻冬舎から出た作品に、直木賞を与えようとしないと思ったからだ。

悪い予感は当たるものだ。僕がそう思った1年後に、林さんは選考委員になった。しかし、林さんは、公正だった。僕が危惧したようなことを、一切しなかった。僕は、あらぬ想像をした自分を恥じた。同時に、林さんと疎遠であることが、耐えられない気がした。

こうして林さんと和解できたことほど、うれしいことはない。

林さんに熱狂した僕の目に、狂いはなかった。一緒に仕事できるようになり、僕は再び林さんの才能に熱狂している。

一つのことに熱中する人間を、いつからかオタクと呼ぶようになった。どことなく揶揄《やゆ》する響きのある言葉だ。

僕などは、小学生の頃からずっと、本のオタクである。

オタクという言葉には、スポーツ観戦など、大勢で盛り上がるのは健全だが、一人で何かに入れ込むのは、恥ずかしいことだというニュアンスがある。

そういう見方を真に受け、オタクっぽくなくしようとするなら、馬鹿げている。何かを生み出すさい、一人で熱中することは必要不可欠なプロセスだからである。

それを避けようとすることは、所詮、たいした創造ではないのだ。

オタクと言われても、構わないではないか。むしろ、熱狂する人間の称号だと、誇ればいいのだ。

批判する時に気を付けるべきこと

――林

この本の打ち合わせをしている時、百田尚樹さんの『殉愛』を見城さんからいただきました。とてもよく書けており、私は、半ば徹夜しながら読み切りました。

関西の視聴率王と言われたタレントのやしきたかじんさんと、食道がんを患った彼を世話し、最期をみとった未亡人を描いたノンフィクション。未亡人は、やしきさんの亡くなる2年前に知り合った、30歳以上年下の若い女性。この女性の献身的な看護を描いています。やしきさんの死の直前に、二人は入籍します。結局二人は一度も肉体関係を持たなかったといいます。

私が『殉愛』のことを、秘書のハタケヤマや知り合いの編集者に話したところ、インターネットでたたかれていることを知りました。未亡人には、何度か結婚歴があるというのです。それでは本に描かれた純粋無垢《むく》なイメージと、食い違いが生じます。小説ならまだしも、『殉愛』はノンフィクションです。

普通なら、必ず週刊誌が書く話題にもかかわらず、大手出版社はどこも取り上げませんでした。

私は、おかしいと思いました。いくら百田さんがベストセラー作家で、売り上げに貢献しているとはいえ、これでは言論統制です。それを「週刊文春」の連載エッセイに書いたところ、ネットで私に同意する声が上がったようです。その後週刊誌も、この話題を取り上げ始めました。

次に見城さんに会う時、もしかしたら険悪なムードになるかもしれないと思いました。でも、見城さんはそんな様子を少しも見せず、私の取った行動を認めてくださり、二人でなごやかにこのことを話題にしました。私は、見城さんの器の大きさを感じて、うれしかった。

ネットにはさんざん叩かれてきました。ネット住民に好かれる人と嫌われる人がいると思いますが、私は間違いなく嫌われる側。先日も私のブログが大炎上しました。

今回もそうですが、私は何かを批判する時、自分の名前を出してきました。それは自分もまた批判を受けるリスクを取ることです。

匿名でネットに悪口を書き込むのは、何のリスクもありません。でも同時に、得るものもないことを知るべきでしょう。新聞の投書欄なら、名前が出るので、多少は頭を使います。ネットは、それすらないのです。

私がこれまで行った批判で、最も話題になったのは、1987年のいわゆる「アグネス論争」でしょう。これはアグネス・チャンさんが、テレビ局などの職場へ自分の幼い子供を連れてゆくことを、当然のように書いたのを、私や中野翠《なかのみどり》さんが批判したことが発端でした。ここから多くの人を巻き込む形で、論争は発展してゆきました。

私が苛立《いらだ》ちを覚えたのは、アグネスさんより、むしろ日本の中国に対する風潮でした。当時は中国への贖罪《しょくざい》意識が、今とは比べ物にならないほど強かったのです。朝日新聞風の情緒的な平和主義が、私は好きではありません。

実際、アグネスさんに対する批判を読んだ人から、私のところへたくさん脅迫状めいたものが届きました。

「中国に対して、昔日本はあれほど悪いことをしたのに、あなたはなぜ中国の可愛い女性をいじめるのか」

「職場で赤ちゃんを抱っこしていると、みんなが和やかになっていいじゃないですか」

それらに対する、「他人の子供を可愛いとすべての人が思っているわけではない」

という私の思いは、今も変わっていません。私はできる限り、自分の子供を目につく場所には出してきませんでした。たとえば、子供が小さい頃は、絶対にグリーン車には乗りませんでした。

私は作家の良心から、また自分の性格から、言いたいことは言います。もちろん、署名入りで批判するのですから、私なりの流儀はあります。

まず、汚い言葉は使わない。時折、署名入りでも、汚い言葉を使った文章を見かけますが、それでは読者の共感を得られないでしょう。かえって、相手を有利にしてしまうことになりかねません。

「誰かがあなたについて、こんなことを言っています」「あなたには今、こんな悪い評判があります」といった書き方はしません。人の褌《ふんどし》で相撲を取ることは、卑怯だと思います。

また、あまり社会正義を振りかざさないほうがいいでしょう。

感情的にならないことも大事です。誰でも自分が批判されると、ついカッとしてしまいます。怒りに任せて、筆を走らせても、決して共感を得られる文章にはなりません。

そして、「自分は何者でもない」という意識も大切です。論争では、フットワークが重要。傲慢《ごうまん》に構えていれば、その姿勢が批判の対象になりますし、相手から飛んでくるつぶてをかわしにくくなります。

最後に、ユーモア。これはもう絶対に不可欠です。批判とは、結局悪口です。どのようなものでも、読んだ後味はよくありません。それを減らしてくれるのが、ユーモアだと思います。悪口を言われても、こちらのほうが笑ってしまうようなものにはなかなか出会いません。私はそこはことなく漂わせるようにしているのです。

他者への想像力を育め
――見城

林さんも言うように、今はインターネット上で、すさまじい罵詈《ばり》雑言が飛び交っている。

今、ネットの力は無視できないものになっている。ネットは匿名であり、どこまでも無責任だ。『殉愛』は未亡人の結婚歴こそ作品のテーマとかけ離れているのであえて、書かれていないが、僕は献身的な愛を描いたラブ・ストーリーの傑作だと思っている。ちゃんと読んでみてほしい。

しかし、結婚歴のことを発端に無責任で悪意に満ちた書き込みが横行した。匿名だから何でも書ける。

匿名のジャーナリズムなど、ありえない。匿名である限り、ネットが正当性を認められることは、絶対にない。

しかし、だからこその面白さがあるのは事実だ。人の悪口を書くのは、誰もがある種の愉快さを感じる。そこにネットの由々しい問題がある。これはもう、悪魔の発明だ。

一方で、ネットほど便利なものはない。たとえば、ある格言が誰のものか知ろうとしたら、昔は図書館に行き、百科事典で調べるなど、大変な手間がかかった。ところが今は、ネットで検索すれば、瞬時に判ってしまう。

これは、本当にいいことだろうか。

人間は、便利さがすべてではない。僕などは、劣等感をバネにして仕事をし、生きてきた。もし僕の少年時代からネットがあり、そこで憂さ晴らしをしていたら、僕の人生はもっと薄っぺらなものになっていただろう。

人間は、負のエネルギーを溜めなければだめだ。それが醸成されて、何かを成し遂げ、人生を豊かにできるのである。

この本を書いている時点で僕は、サイバーエージェントの藤田晋《すすむ》と堀江貴文の開発した、755《ナナゴーゴー》というアプリに参加している。これは一般人が、たとえば、秋元康やAKB48のメンバーなどの有名人とやり取りできる、SNSである。僕も著名人のカテゴリーに入っている。

SNSでは、会ったこともない人と知り合いのようになってしまうことも多い。これがきっかけで、現実での人間関係が始まることもあるかもしれないが、基本的には仮想現実にすぎない。

いくらネットが発達しても、僕らが現実にいることに変わりはない。ネットに依存し、それを現実とはき違えることは、人としての浅さや、狂気しか生まないだろう。

僕は、ネットを不満のはけ口として利用している人間は、大きな仕事もできなければ、実《じつ》のある人生も送れないと思う。健全な人間にとって必要な、負のエネルギーの蓄積が行われないからだ。

恋愛は、仕事や人生に大きなモチベーションを与えてくれる。それは恋愛ほど、負のエネルギーをもたらすものはないからだ。モテなかったり、好きな異性に振り向いてもらえなかったりすることの悔しさをエネルギーに日々を過ごし、仕事をし、人間的な魅力が増してゆく。

それだけではない。恋愛ほど、他者への想像力を育んでくれるものはない。

仕事にとって一番大事なものは、他者への想像力だと僕は思う。仕事は、どこまでも対人間の世界である。相手の気持ちを汲み取れないと、うまくゆくはずがない。

ビジネスライクという言葉があるように、ビジネスは合理的で冷徹な世界だと考える向きがある。しかし、僕は違うと思う。一見そうでも、一歩立ち入れば、そこは非常に人間臭い世界だ。感情や好悪が渦巻き、それが全体に大きく影響してくる。そのことを理解していない人や、損得勘定だけの人が成功しているのを、僕は見たことがない。

編集という仕事は、作家をはじめ、さまざまな表現者とやり取りすることがメインである。

何を言えば相手は刺激を受けるか。僕はいつもそれを考える。

単なる批判ではいけない。自分では気付かなかったことを気付かせ、相手にモチベーションを持ってもらうことが必要なのだ。

そして相手は、この人と仕事をすれば新しいステージに行けるのではないかと考え始める。

他者への想像力がある人間は、人を惹きつける。それが強い絆となり、互いのエネルギーが相乗効果を起こして、大きな結果が生まれる。

だからこそビジネスで、他者への想像力は、何より大事なのだ。

これを育むには、恋愛が一番だ。恋愛ほど、人間力と想像力を鍛えてくれる場はない。

人は恋に落ちると、自分の言動に非常に敏感になる。自分が言ったこと、したことを相手はどう取るか。これを普段の何十倍も考える。ここから本当の意味で、他者への想像が始まる。

自分の想いだけでは、どうにもならないのが恋愛である。相手の気持ちを考えながら、何とかして振り向かせようとする。そのエネルギーには、すさまじいものがある。恋をすると、他者への想像力が向上するのは、このためだ。

ネットに依存すれば、恋愛が希薄になるのは当然である。現実で異性を振り向かせられなくても、ネットに閉じこもっていれば、何もかも思いのままだ。決して傷つくことはない。

すべてが思い通りになる空間で、他者への想像力が育つはずがない。自分とはまったく違う思考回路や価値観を持っているのが異性であり、他者であるからだ。

ネットでの憂さ晴らしは、ある種の快楽にちがいない。しかし、それに依存すると、他者と関わるという人間の基本的能力は、確実に損なわれる。

現代人とネットは切っても切れない。文明は逆行できない。これからも人間は、ネットと付き合っていかなければならないだろう。

しかし、ネットには、人間の豊かさを蝕《むしば》む致命的なデメリットがある。そのことに僕らは、くれぐれも注意するべきだ。

第二章　人は仕事で成長する

仕事ほど人を成長させてくれるものはない　　――林

私が、自己顕示欲が強いこと。これは自分だけでなく、多くの人が認めるところだと思います。

高校時代はマリリンの愛称で、地元局のディスクジョッキーを務めたし、女優や歌手になろうとしたこともあります。１９８０年代はタレントのようにテレビに出まくりました。

自己顕示欲の量は、人それぞれ、あらかじめ決まっている気がします。

平均値が50とすれば、80を超えると、キャリアウーマンのように働く女性として活躍したり、自分で事業を始めたりします。20以下だと、専業主婦に収まるでしょう。私はとんでもなく多く、１３０ぐらいあるのではないでしょうか。

昔に比べて、男女平等が進んだといっても、日本はまだまだ女性が働きにくい社会です。自己顕示欲が20ぐらいで、早く結婚して専業主婦になる女性、昔の日本では、ほとんどの人がそうだったような女性のほうが、今でもスムーズに生きていける面があると思います。

自己顕示欲が80以上ある女性は、やはりスムーズにはいきません。学校を出て就職し、30歳が近づくと、結婚という大きな壁が立ちはだかります。彼氏がいたり、いい相手が見つかったりして、結婚が現実のものとなっても、すっぱりと仕事を辞める決断ができる人は、そうはいないでしょう。せっかくの収入やキャリアを、捨ててしまうことになるからです。

それでも結婚したら、女は家庭に入るものと自分に言い聞かせ、専業主婦になったとしましょう。やがて子供ができれば、育児に情熱を注ぐことができます。その後は、教育熱心になったりします。

子供はやがて親の手を離れてゆきます。そして、再び働こうとした時、十数年も専業主婦をやってきた人は、とても困るのではないでしょうか。

若い頃、多少はあったキャリアは、もう役に立ちません。キャリアのない、40過ぎの女性を、いい条件で雇ってくれるほど、社会は甘くありません。それでも当人には、以前の自己イメージがありますから、折り合いがつかないのです。

専業主婦の方を馬鹿にするつもりは、毛頭ありません。毎日、おいしい料理を作り、部屋をきれいに掃除する。私には、とても持ちえない能力です。

先ほど言ったように、自己顕示欲の量は人によって違いますから、少ない人は、専業主婦として家事をこなすのも、生き方だと思います。

でも、平均値近くや、それ以上ある人は、結婚しても仕事を続けるべきではないでしょうか。

それは、仕事ほど人を成長させてくれるものはないからです。

夫や子供の世話をし、家事もこなしながら、仕事をする。これほど大変なことはありません。主婦だけやっていれば、どれだけ楽だろうと思う気持ちも、よくわかります。

でも、仕事をして社会や他人と毎日接することで、人は磨かれ、強くなってゆきます。これが仕事の素晴らしいところだと私は思います。

仕事の一番重要な点は、嫌なことでも我慢しなければならないこと。給料は、ガマン代と言っていいでしょう。この我慢が、忍耐力という、生きてゆく上で何より大事な力を身につけさせてくれるのです。

ただ我慢すればいいというわけではありません。一方で、自己主張もしなければならない。最初は聞いてもらえなかった意見も、キャリアを積むうち、少しずつ通るようになります。これが仕事の楽しさではないでしょうか。

仕事ができる人は、社会的に評価されます。その人は、単に仕事の能力だけが優れているわけではありません。仕事を通じて忍耐力や懐の深さも手に入れています。仕事ができる人が人間的にも優れているのは、このためです。だから、周囲から評価されるのです。

誰もがまず家庭に生まれ、学校に通い始めます。やがて卒業して、社会に出ると、多くの人が、自分の思い通りにならないことに驚きます。家族や友達の間では通っていたことが、通りません。そこから本当の意味での学びが始まり、どう向き合うかによって成長の度合いが違ってきます。

これは女性だけに言えることではありません。

今会社に勤めている人でも、かつて勤めたことのある人でも、そこでの男たちを思い浮かべてみてください。

会社は、仕事がバリバリできる上司や、ピチピチした発展途上の若い社員だけで成り立っているわけではありません。ホコリをかぶり、忘れ去られたような定年間近の人や、出世コースから外され、閑職につかされている、見るからに不機嫌そうな人もいます。

ピンからキリまで、さまざまな人がいる。これがある意味で残酷な社会の姿であり、人生の縮図なのです。

恵まれない人を見ると、つい同情したくなるものです。しかし、この厳しい現実は、やはり受け入れなければなりません。

社会や人生は、理不尽なことばかりです。社会に出て働くとは、この現実を学ぶことでもあるのではないでしょうか。

モテたい気持ちを、いつまでも大切にせよ

――見城

林さんが、自己顕示欲が強いことは、彼女と付き合いの長い僕は、誰よりよく知っている。さまざまに苦闘しながら、林さんはそれに道筋をつけ、ほしいものを手に入れ、大きな成功を収めたのだ。

しかし、林さんが自己顕示欲だけの人かというと、決してそんなことはない。林さんは一方で、大らかな無意識を持っている。このえも言われぬバランスが、林さんの魅力なのだ。

このことは、林さんに限らない。優れた表現者や仕事ができる人間は、みんな自己顕示欲が強い。

自分を他人に向けてアピールし、認めさせようという気持ちから、表現や仕事に対するエネルギーが生まれるからだ。

これは我が身を振り返っても、間違いない。しかも、僕の場合は、もっと単純だ。

僕は、女性にモテたいために仕事をしていると言っても過言ではない。

僕は、容姿のコンプレックスが人一倍強い。何もしなければ、女性は相手にしてくれない。しかし、頑張って仕事をし、格好いい姿を見せれば、「見城さん、素敵よ」と言ってもらえる。好きな女性を振り向かせられるかも知れない。

だから僕は、一生懸命仕事をするのだ。

若い頃は、モテたい気持ちが強かったが、年齢を重ねると、そうではなくなったと言う人がいる。そういう人は、仕事に対する意欲も落ちているのではないだろうか。

僕はいつまでも女性に振り向いてもらうために、仕事を頑張り続けたい。

林さんも、僕と同じような気持ちで、走り続けているのだと思っていた。しかし、最近聞くと、そうではないと言う。

もし太っているという理由で男に振られても、「そのうち痩せるから待っていて」と思うのだと言う。林さんは、僕とは違い、大らかで楽天的だ。

自己顕示欲が、仕事の原動力になるのは、間違いない。しかし、それだけではだめだ。僕は、一方で、同じ分量の自己嫌悪が必要だと思う。

モテるということに関してもそうだ。

ルックスがよく、放っておいても一見、モテる人は、例外なく内面がフラットだ。

自分を追い込んだり、無理をしたりしなくてもいいから、自己嫌悪に苛《さいな》まれることもない。無力感で落ち込むこともない。要するに「負の感情」を経験しないのだ。

僕なんかは、ある時には自信に満ち、またある時には自信を喪失して落ち込む。

自己顕示と自己嫌悪の間を揺れ動くから、風と熱が起きる。それがその人のエロスであり、オーラなのだ。

デューク・エリントンに「スウィングしなけりゃ意味ないね」という、ジャズの名曲がある。自己顕示と自己嫌悪の間をスウィングするからこそ、人を惹きつけるオーラが生じるのだ。

編集の仕事をしていると、作家やミュージシャンなど自己顕示欲の強い人間に会うことが多い。その時僕は、自己顕示より、むしろ自己嫌悪に目を向ける。それをどれだけ持っているかで、いいものを生み出せるかを見極められる。自己顕示しかない人間は、薄っぺらな野心家にすぎない場合がほとんどだ。

編集者は、作家の創るものが読者やオーディエンスにどう映るかを絶えず意識する。自己嫌悪のない作家にベストセラーなど書けるわけがない。

いい仕事の条件は、自己顕示と自己嫌悪の間を、絶えずスウィングすることなのだ。

このことは作家と編集者だけに言えるのではない。ビジネスマンにも当てはまる。

自己顕示と自己嫌悪を行き来するからこそ、次第に成長し、結果を出すことができるのだ。それが、その人の人間的魅力として結実する。

林さんも言うように、僕は懸命に仕事をすることは、取りも直さず、人間力を磨くことだと思う。

仕事が楽しければ人生も愉《たの》しい――。これは幻冬舎の男性誌「ゲーテ」のキャッチコピーだ。僕もまた、仕事と人生は、イコールだと考えている。

こんな考え方を、人は極端だと言うかもしれない。しかし、仕事がうまくいっていない時は、食事がおいしくなかったり、休日のゴルフが楽しくなかったりするのは、誰しも身に覚えがあるのではないだろうか。

仕事は、あくまで生活の手段であり、家族との時間など、プライベートを充実させることが、人生の目的だと言う人もいる。

僕には、そのような仕事との向き合い方が信じられない。

手段は、あくまで二次的なものだ。人は普通、朝から夕方まで働く。それは丸一日と言っていい。人生とは、いうまでもなく一日の集積だ。日々を二次的なもので埋めてゆけば、人生そのものが、空虚になってしまう。

人生は一度きりしかない。それを不完全燃焼で終えれば、死に際にとてつもない後悔が沸き起こるにちがいない。
僕はそれが、何より恐ろしい。

妄想力を仕事に生かす　——林

モテたいという気持ちは、誰にでもあります。見城さんほどではありませんが、私も人並み以上にあると思います。

高校時代、教室の窓から、校庭で憧れの男の子がキャッチボールをしているのが見えました。私がいくら見つめても、向こうはまったくこちらを見てくれません。私は何とかして気付かせようと、窓から本を落としたりしましたが、効果はありませんでした。

ある時、その男の子の投げたボールが窓ガラスを割り、破片が私の手に刺さりました。男の子は駆け寄り、血の出た私の手を見て、「大丈夫?」と言いました。

私は痛みを感じるより、うっとりしました。血の出た手が、男の子の目にとてもエロチックに映っているだろうと思ったからです。

こんなふうに、昔から私は、とても自意識が強かった。でも、その男の子は、すぐに立ち去ってしまいました。

世の中には、誰もが認める美人や、とてもモテる女性がいます。私の高校にも、ハーフのような彫りの深い顔立ちをした、すごい美人がいました。彼女はモテていましたが、私はそれほど羨《うらや》ましくありませんでした。理由がはっきりしているからです。

私が妬ましかったのは、なぜ人気があるのかわからない子。一人、きれいでもないのに、上級生にしょっちゅう屋上に呼び出され、告白される子がいました。今は、理由がわかります。男好きのする、コケティッシュさを持っていたのです。

バレーボールをしている時、その子の足が攣《つ》ったことがありました。すぐに男の子が駆け寄り、足を一生懸命伸ばしたりして、治してあげようとしたのです。

私は、胸が張り裂けそうなほど羨ましかった。私はけがをして手から血を流しても、好きな人から一言、「大丈夫？」と言ってもらっただけです。彼女との違いに、傷つきました。

大人になって入ったマスコミの世界でも、モテる人は、すぐに口説かれたりします。若い頃は、そういう人が羨ましかったけれど、今はそうでもありません。

何かというと、男に言い寄られる人生は、とても面倒臭い気がするからです。私のように、自分からアプローチをして、やっと付き合えるぐらいがちょうどいいと今は思います。

見城さんも言うように、コンプレックスや心の傷がなければ、小説など書けないというのは、本当でしょう。

好きな人に振り向いてもらえない。うまくいっても、やがては振られてしまう。そうした負の部分がないと、文学にはならないのではないでしょうか。

私は好きな男性ができると、好かれるために努力を重ねます。私は理想が高いので、レベルの高い男と付き合ってきたと思います（見城さんは、若い頃私が付き合った男性のほとんどに会っていて、そのことを認めてくれています）。

でも、最後は振られてしまう。理由はわかっています。私には、子供の頃の卑屈さが染みついていて、それが相手に伝わってしまうのです。

私は、付き合い始めると、相手に尽くしてしまう。初めは私が上に立っていたのに、上下関係が狂いはじめます。結局、私は振られてしまうのです。

私と正反対なのが、いわゆる小悪魔的な女性。彼女たちには、少女の頃からモテる子が、圧倒的に多い。会う約束をしても、初めのうちは2〜3回すっぽかす。待ち合わせには、平気で1時間遅れてくる。家に車で迎えに来させて、何十分も出てこない。そして、高価なプレゼントなどを貢がせます。彼女たちには、相手が自分を好きだという絶対的な自信があるから、そういうことができるのです。

私には、とてもできない芸当です。私は、相手が何も言わないうちから、いろいろと気を遣う。その結果、なめられてしまうのです。どんなお金持ちと付き合っても、お金を使ってもらったことはありません。それが私の恋のパターンでした。

実際、辛いこともたくさんありました。別れを告げられ、「もう死んでやる！」と、相手に向かって泣き叫んだこともあります。

こうした恋のパターンは、私自身、少女の頃から自覚していたところがあります。恋愛では、私の望むものは、手に入らないだろうと思っていたのです。その代わり、結婚と出産は必ずしようと、心に決めていました。そうすることで埋め合わせれば、幸せになれると信じていたのです。私は、結婚も出産もしない、根っからの自由な女にはなれません。

一方で、少女時代からの、恋愛に対する飢えは、私に妄想力を授けてくれました。

それは中学の頃、映画『風と共に去りぬ』を観たことがきっかけでした。私は映画館で、おいおい泣きました。感動したからではありません。私も主人公スカーレット・オハラのようにきれいなドレスを着て、華やかな恋の世界に生きてみたい。なのに、現実の私は、山梨の田舎で、恋の一つも満足にできない毎日を送っている。それがあまりに理不尽で、情けなく思えたのです。その後、さまざまなロマンスを空想ばかりしていました。もちろん、主人公は私です。

私が小説を書くのは、少女の頃に培《つちか》った妄想力があるからです。もし私が、現実で満たされていたら、おそらく作家にはなっていなかったと思います。

でも、妄想力は作家に限らず、あらゆる仕事に必要ではないでしょうか。妄想力は現実に対する不満によって育まれます。それがあるからこそ、現状を変え、自己実現ができるのだと思います。

恋愛を制する者は仕事も制する

——見城

林さんと同じく、僕も中学の頃は、想像の中に生きていた。理由は簡単だ。いじめられ、まったくモテなかったからである。

当時の僕には、救いを与えてくれる想像の世界が2つあった。

一つは、本の世界。もう一つは、初恋の女子生徒だった。中学で1つ年下の彼女は、髪が多くてまっ黒。肌は透き通るように白くキメが細かい。何もかもがくっきりしていて、大きな瞳がキラキラとした輝きを放っていた。いわば、典型的な全校生徒のマドンナだった。

「僕なんかに振り向いてくれるわけはない」と思いながらも、彼女と廊下ですれ違うたび、僕の胸は苦しさでいっぱいになった。

誰からも相手にされない僕に、告白する勇気などなかった。想像の中で、僕は彼女との恋愛を楽しんだ。林さんの言う「妄想」である。

高校に入ると、僕の周りの空気は大きく変わった。中学の頃、僕はまったく勉強をしなかったが、高校では一日1時間ほど、予習、復習をすると、成績はめきめきと伸びた。特に英語が好きで、テストはほぼ満点だった。

僕は生物部に所属していたが、毎年春と秋には文化部対抗のラグビー大会が開かれた。大会の前は部員みんなでラグビーの練習をし、僕はスポーツにも熱中した。

勉強にスポーツにと、僕は高校生活を満喫した。中学時代とは違い、僕はみんなから一目置かれるようになっていた。

2年に上がる頃、初恋の彼女が新入生として僕と同じ高校に入学してきた。1年ぶりに見る彼女は、背もすらりと高くなり、よりいっそう美しい少女に成長していた。

少し自信が付いていた僕は、彼女に告白したいと思うようになった。チャンスをうかがうが、いつもあと一歩のところで勇気が出ない。

高3の2月、僕は慶應義塾大学に受かり、春には上京することが決まった。卒業を控えた僕にとって、唯一の心残りは、初恋の彼女だった。卒業したら、もう会えなくなってしまう。僕はありったけの勇気を振り絞り、彼女に手紙を出した。

「中学時代からずっと憧れていました。この想いを伝えないまま卒業していくのは辛い。あなたのことが好きです。それだけを伝えたくて筆を執りました。観たかった映画の前売り券を同封しました。よかったら一緒に観に行きませんか？　この手紙があなたにとって意味を成さないものなら、お友達か、ご家族と観に行ってください。だから、切符は2枚入れておきます。あなたと同じ学校で時を過ごせて、僕は幸せでした」

その頃になっても、僕は彼女と一回も話をしたことがなかった。そんな男からいきなりラブレターが来て、彼女はさぞかし驚いたことだろう。

返事が来なくても、僕は満足だった。これで心置きなく東京に行ける——。半ば諦めていた時、彼女から返事が来た。

「私もあなたのことが気になっていました」

淡い水色の便箋に、なめらかな文字でそう記されていた。僕は自分の目を疑った。夢ではないかと思い、何度も目をこすった。僕は急いでペンを執った。

「ありがとう。あなたから返事がいただけるなんて、信じられない気持ちです。映画の公開は少し先なので、もしよかったら卒業式の日に、一緒に三保《みほ》の松原を歩きませんか？　式の後、校門の前で待っています」

その日、校門の前に、はにかんだ笑顔で現れた彼女を、僕は一生忘れない。

僕の通った清水南高校は、三保の松原の近くにある。校庭をぐるっと回り、浜に出て、二人で歩いた。見上げれば富士山があり、春の海はどこまでも穏やかだ。彼女の長い髪が、潮風になぶられて僕の頬に当たる。僕は、このまま時が止まればいいと思った。これは僕の人生の中で、最も甘美な思い出である。

彼女ともっと一緒にいたい。でも、僕は2週間後には東京に行くことが決まっている。僕は彼女に言った。

「僕は大学を出た後、たぶん東京で就職する。だから清水に戻ってくるのは難しいかもしれない。でも僕は、40年かかっても、50年かかっても、この砂浜に戻ってくる。僕と一緒に人生を送ってくれないか？」

彼女は驚いたようだった。彼女の返事は、波音にかき消されて聞き取ることができなかった。三保の松原まで歩き、僕らはバスに乗って一緒に帰った。

それから1年後、彼女もまた東京の大学に受かり、上京してきた。

お互いの下宿を行き来する生活が始まった。学生運動にのめり込んでいた僕に影響を受け、彼女も一緒にデモに参加するようになった。あちらでバリケード封鎖があると聞けば、一緒にゲバ棒を持って行き、こちらでデモがあると聞けば、そろいのヘルメットをかぶって出かけた。僕らはいつも一緒だった。僕の3畳一間の下宿で、一つの弁当を二人で分け合って食べ、毎日近所の銭湯に通った。まさにかぐや姫のヒット曲『神田川』の世界である。

「ただ貴男《あなた》のやさしさが恐かった」という歌詞が今でも胸に沁みる。

このように僕の初恋は、中学2年で始まり、高校3年の卒業の日に成就した。

この歳になって、つくづく思うのは、僕は仕事と恋愛に対する姿勢が同じということだ。

若い頃、僕が好きになるのは、いつもハードルの高い学校のマドンナや、普通の男が尻込みしてしまうような高嶺《たかね》の花ばかり。そこには僕の劣等感のみっともない埋め合わせが作用していたと思う。

仕事も、普通なら不可能とされる高いハードルをかかげ、それを超えるため、圧倒的努力をする。そして、ここ一番で、勝負をかける。

僕は、圧倒的努力は必ず報われると経験で知っている。

諦めないで努力を続ければ、想いはいつか通じるのだ。

上司を味方につける方法　――林

いくら男女平等が進んだといっても、日本がまだまだ男社会であることに変わりはありません。とくに職場はそうでしょう。昔と違い、今は女性も働きます。晩婚化もしているため、働く女性の人数や期間は、昔とは比較になりません。

確かに、男社会の不平等は、正しくないにちがいありません。でも、それをいくら声高に言い立てたところで、なかなか社会は変わってくれません。そこでは賢く立ち回るほうが現実的だし、得られるものが多いのではないでしょうか。

私には女性の経営者の知り合いが何人かいますが、彼女たちを見ていてつくづく思うのは、やはり男性に「可愛がられる」才能にたけているということ。

「可愛がられる」なんて言うと、何だかいやらしい感じがしますが、決して露骨な意味ではありません。また、単に男性の好みに合わせるのとも、違います。彼女たちは派手な服装をしていたり、言葉遣いや立ち居振る舞いが「やんちゃ」な感じだったり、男性がつい笑みをこぼしてしまうような雰囲気を持っています。でも、これらは、彼女たちなりの計算なのだと思います。

上に立つ人は、「可愛いヤツ」が大好きです。これは昔も今も変わらないのではないでしょうか。

男社会で生きる以上、彼らに気に入られなければ、自分のやりたいことを実現できないのですから、自ら進んで「可愛いヤツ」を演じるぐらいでいいのだと思います。そのように振る舞うことには、同性からの妬みがつきまといます。功を奏するほど、その声は大きくなるでしょう。そんな声は、無視すればいい。生きてゆくためには、一種の鈍感力というか、タフさは必要不可欠です。

職場で、自分の意見が通らず、悔しい思いをすることも多いでしょう。それが女性の意見だということで、尊重されないとしたら、悔しさは何倍にもなります。

でも、悔しいからと言って、男社会に背を向けたり、真っ向から批判したりするのは、決して賢いとは言えません。

悔しさは、親鳥が卵をあつかうように、じっと温めておけばいいのです。温めていれば、そこでさまざまな知恵が熟成されます。また、実現へ向けてのエネルギーも蓄えられてゆくでしょう。

私は作家で、ある意味で本を売ることがビジネスですが、そこまで煮詰めたことはありません。

ただ、私も物書きになる前は、広告会社に勤めていたので、今話したことの機微は、身をもって知っています。

上司というのは、たいてい中年男性です。

中年男性の多くは、女性に関してとても偏った趣味を持っています。同性から見て、「あんな女のどこがいいの？」と思うような女性が大好きで、身近にいるとひいきします。

これは男性の本能といえますが、単に性的な好みというわけではありません。保護欲や支配欲など、さまざまな欲望が入り混じったもので、要は女性を従えたいという気持ちの表れです。私は、日本人男性は、多かれ少なかれ、みんなロリコンだと思います。それもこのことに関連しています。

以前、私の勤めていた会社にも、言葉は悪いですが、「箸にも棒にもかからない」という表現がぴったりの女性がいました。とにかくトロくて、気が利かない。仕事が遅くて、ヘマばかりやらかします。おまけに唇の端に白くつばを溜め、話し方も要領を得ません。私などは、この女性と話していると、すぐにイライラしてくるのですが、彼女には一人、強い味方がいました。直属の上司がその人です。彼はとにかくこの女性を、猫可愛がりするのです。

彼はこの女性について、こう言っていました。

「彼女は素直だし、純粋だ」

私は当初、蓼食《たで》う虫も好き好きと思って、受け流していたのですが、そのうち中年男性の女性に対する好みには、パターンがあることがわかってきました。

それは彼女たちが、みんな「泥臭さ」を持っているということ。中年男性は、今風に洗練された女性があまり好きではありません。本当は好きなのかもしれませんが、付いていけないという諦めや恐怖から、どうしても距離を置いています。ところが、泥臭い女性には、距離を取る必要がなく、安心感を抱きます。彼らはこの安心感から、彼女たちを偏愛するようになるのです。

こうした女性をひいきしやすい理由は、もう一つあります。それは大っぴらに可愛がれることです。相手がもし、あからさまな美人なら、そうはできないでしょう。部下の嫉妬や不満を買ってしまいます。

上司の中年男性を味方につけておくことは、とても賢いと思います。何かにつけ、彼らは防波堤になってくれるからです。

私も会社に勤めていた頃は、あえて「泥臭さ」を演出し、上司を取り込んだものです。仲間とつるんで、愚痴ったりするより、そのほうがずっと快適に過ごせ、得るものも大きいと思います。

トラブル処理は最高の勉強である

――見城

林さんは、女性がビジネス社会で生き抜くためには、上の人に可愛がられることが、大事だと言うが、これは女性に限らないのではないだろうか。

ビジネスは、どこまでも対人間の世界である。人間には、好き嫌いがある。これによって物事が動く側面があることは、否定できない。

角川書店の新入社員時代、僕は週に3回は、社長の角川春樹さんと飲んでいた。春樹さんは、酒を飲む時、僕がいないと退屈だという。なぜか知らないが、春樹さんは新米編集者の一人にすぎない僕を、とても可愛がってくれた。

夕方、春樹さんはふらりと「野性時代」の編集部を訪れては、「おい見城、メシ食いに行くぞ」と僕に言う。

春樹さんに誘われるのは、非常にありがたいし、うれしいことだ。しかし、僕にも仕事がある。夜は担当している作家と、会食の予定があることも多い。

「すみません。今夜は仕事の約束があるんです」

「そんなものは、今度でいいよ」

春樹さんは平然と言うと、付いて来いというように、さっさと編集部を出て行ってしまう。僕は作家たちに、何度謝りの電話をかけたか知れない。

春樹さんは、非常に強烈な個性の持ち主である。春樹さんの中には、石橋をたたいて渡る慎重さと、後先を顧みず冒険に飛び出す大胆さが同居している。

ワンマン社長として恐れている社員も多かったが、僕は春樹さんのことが大好きだった。

僕は春樹さんから、たくさんの名店を教わった。

一緒に食事に行っても、仕事の話はほとんど出なかった。それよりも、音楽や映画、食べ物や女性の話題のほうが多かった。

各界のトップと同席することも多く、そういう人たちとじかに触れることで、若い僕は超一流の条件とでもいうべきものを吸収していた。

当時の角川書店は、今とは比較にならないほど小さな出版社だった。春樹さんの断行した文庫革命により、売り上げは何倍にもなり、会社も大きくなったが、それでも講談社や新潮社、集英社などの大手出版社と比べると、格下の感は否めなかった。

春樹さんは、その壁を何とかして越えようとした。

「このまま続けていたら、50年たっても先行する大手出版社には勝てないし、並ぶこともできないだろう。勝つためには、ギャンブルをするしかない。ハイリスク、ハイリターンだ。みんながあっと驚くようなことをしなければダメだ」

春樹さんの策略は、映画を作ることだった。映画をヒットさせ、原作本を売る。そこに活路を見出そうとしていた。

もし、映画がこけたら角川書店は潰れるかもしれない。それでも、春樹さんの決意は固かった。

角川映画の第1弾として、赤江瀑《ばく》の『オイディプスの刃』の映画化の話が動き出した。予算は3000万円。監督は村川透、撮影は姫田真佐久《しんさく》、主演は当時売り出し中の松田優作に決まった。

『オイディプスの刃』は日本刀と香水に魅せられ、運命を狂わせてゆく3人の異母異父兄弟の話である。『オイディプスの刃』では、ラベンダーの香りが物語の重要なキーとなっている。

ラベンダーの花が咲くのは5月。その季節に合わせて、フランスのグラースという街で、海外ロケが行われることになった。早く撮らないと、ラベンダーの季節が終わってしまう。

僕は春樹さんから海外ロケの全権を任され、プロデューサーとして撮影隊とともにフランスに渡った。

グラースはニースから車で40分ほどの小さな街だ。周囲には見渡す限りの花畑が広がり、世界的に有名な香水、香料の産地として知られている。

文芸編集者の僕に、映画製作のノウハウなどあるはずもない。ロケは、トラブルの連続だった。監督に毎日のように怒鳴られながら、僕は必死で仕事をこなした。

一流のスタッフや俳優と格闘しながら、とてもいい勉強になった。

1週間ほどで撮影を終え、僕らは帰国の途《と》についた。

羽田空港には、春樹さんが迎えに来てくれていた。監督や役者、スタッフをねぎらい、車まで見送る。しかし、僕と二人きりになるや否や、春樹さんのにこやかな表情は一変した。

「見城、すまないが『オイディプスの刃』はいったん白紙に戻す」

僕は仰天した。

「俺はやっぱり、『オイディプスの刃』には賭けられない。予算3000万円の小さな映画で勝負をしても意味がないんだ」

このあと、春樹さんはもっと大きな勝負に出るのだが、その時僕は、そんなことを知る由《よし》もない。

僕は困惑しながら、各方面にお詫びするため、東奔西走した。

若い社会人の僕は、春樹さんによって鍛えられた。取り分け、角川映画を立ち上げるさいの混乱は、とてつもなく勉強になった。ビジネスにトラブルは付き物だ。それにどれだけうまく対処できるかで、その人の力量が量られると言っても過言ではない。これればかりは、実地に体験しないと、覚えようがない。

それを早い時期に身につけられた僕は、やはり幸運だったと、つくづく思う。

必ず悪口を言われるものだ化ける時は

――林

ビジネス社会で女性が生き抜くには、男性を取り込み、悔しい思いをしてもむやみに反発せず、それを温めておく必要があることは、先ほど述べた通りです。

でもそれは、あくまで手段であり、目的ではありません。目的は、自分のほしいものを手に入れること。一般企業だと、自分が動かせる部署や部下を持つことでしょう。

そのためには、まずウサギになること。いきなりトラになってはいけません。ウサギだと、男たちは安心して近づき、協力的になってくれます。トラだと、「あいつは生意気だ」ということになり、そっぽを向かれてしまいます。

これは「おしん」の名プロデューサー、NHKにいらした小林由紀子さんが語っていたことです。まずはウサギとして、仕事を教えてもらい、人間関係を築きます。でも、いつまでもウサギを続けていればいいわけではありません。それでは、一生使われる立場で終わってしまいます。ウサギはあくまで仮の姿です。どこかで、トラに変身しなければなりません。

今まで弱かったものが、強くなると、男たちの態度も豹変《ひょうへん》します。友好的だったのが、急に意地悪くなり、たたくようになります。

このことは、私も若い頃に経験があります。

広告制作会社に勤め始め、コピーライターになりたての頃、私はしょっちゅう周囲に、バカだのドジだのと、ののしられました。でも、私は怒りを覚えたり、反抗心を燃やしたりしたわけではありません。ただ驚き、不思議でした。

いじめられっ子だった中学時代は除き、高校や大学で、私はたくさんの人から、どこか見どころがあると言われてきた。何かおかしい、どこか間違っている——。

会社のトイレ掃除をしながら、ふとこんな思いにとらわれ、ぞうきんを持ったまま呆然としたことは、一度や二度ではありません。

でも、私は不遇時代にハングリー精神を培ったわけではありません。ただ不思議でした。

恥ずかしいことですが、こんな時期が長く続いたのは、私が怠惰だからにほかなりません。不思議がっているだけで、何もしようとしなかったのです。

今思えば、会社の人たちに反発していれば、「気概のあるヤツだ」と思われ、かえって認められたかもしれません。

でも、当時の私は、そんなことは思いつきもしませんでした。いくらひどいことを言われても、あくる日は朝一番に来て、黙々と掃除をしていたのです。

先ほどのウサギとトラのたとえで言うと、私はウサギとしてもあまりに弱すぎたのかもしれない。あるいは、ウサギという意識さえなかったかもしれません。

その後、私はコピー塾に通い始め、糸井重里さんに認めていただきました。

私は動物的な嗅覚で、自分を認めてくれる人たちと世界を見つけ出したのです。

中学時代はいじめられっ子でしたが、私は小学校の頃から、成績がよかったわけでも運動ができたわけでもないのに、目立っていました。みんなから「変わっている」といって面白がられ、高校時代には、マリリンというニックネームで、地元局でディスクジョッキーを務めたりもしました。学生時代の雰囲気が、5年ぶりに私のまわりに漂い始めました。

「君には才能がある」

「どこかキラキラしたものがある」

こんなふうに言ってくださる方もいて、私はうれしさに涙を流しました。

私はコピーライターとして評価され、1981年には、TCC（東京コピーライターズクラブ）で新人賞をいただきました。受賞作は、西友の「つくりながら、つくろいながら、くつろいでいる。」です。

この時、私はウサギからトラに変身したのだと思います。

私には、用心深いところがあります。いきなりトラにはならずに、ウサギの部分も残していました。それでも男たちは、私の悪口を言い始めました。

「林真理子なんて、飽きた。あいつはもうダメだよ」

表だって見えないかもしれませんが、私はとても傷つきやすい性格をしていました。そのような悪口が耳に入ると、私の自信はすぐに萎《しお》れてしまいました。

「やめて田舎に帰ろう」

こんなふうに考え、落ち込んでしまうのです。

でも、そこで落ち切らないのが私です。自分をほめてくれる人のところに出向き、耳に心地よい言葉を聞くのです。

「この頃いい仕事をしてるじゃないか」

「君のような才能のある女性は、めったにいないよ」

その途端、私の自信は息を吹き返します。

若い頃は、こんなふうに自信と、自信喪失の間を行ったり来たりしていました。

そうしているうちに気付いたことがありました。行き来の回数が減り、自分が成長していることがわかったのです。同時に、めざす目標も大きくなってきます。こんなふうにして、私はほしいものを手に入れてきました。

ウサギからトラに変身する時は、どれほど用心しても必ず悪口を言われます。悪口を言われて気分のいい人はいません。馴れないうちは、傷つくでしょう。

平気でいることは、なかなか難しいですが、そういうものと考え、あまり真に受けないほうがいいと思います。

天才から発想を盗み取れ
――見城

いつの世も、出る杭は打たれるものだ。林さんのように、女性の場合はとくに顕著だろう。僕も、角川書店時代に経験した。僕の場合は、当時の社長角川春樹さんの引き立てによる代償と言っていい。

先ほど、角川映画が誕生するさいの混乱について話したが、その続きをしよう。

第1作がお蔵入りになった後、春樹さんは言った。

「今、横溝正史が売れ始めている。作品が映画化されれば、もっと売れるだろう。だから俺は『犬神家の一族』をやりたい。東宝と組んで、『犬神家』を何億もかけてやる」

当時、横溝正史は、忘れられた過去の作家だった。

しかし、1971年の春に、春樹さんが角川文庫で『八つ墓村』を復刊。10万部を超えるヒットとなった。その後も次々と横溝作品を文庫化し、静かなブームとなっていたのである。

春樹さんは、一見、勘で仕事をしているようで、実は非常によくデータを見る人だ。どの作家が今、どれくらい売れているか、いつも文庫の売り上げデータを頭に入れていた。角川文庫は日本を代表する文庫だからあらゆる作家の作品が入っていた。

勢いのある作家をプロモーションすれば、ものすごく売り上げは伸びる。逆に一定の評価のある作家でも、勢いがなければ、いくら売り上げを伸ばそうとしても無駄だというのが、春樹さんの考え方だった。

こうしたデータ重視の宣伝哲学に、僕は強い影響を受けている。

「『犬神家の一族』が成功すれば、横溝正史の文庫作品は間違いなく売れる。このやり方で次の作家もやっていけば、10年で講談社や新潮社に追いつけるかもしれない。俺は『犬神家』に賭ける」――。

その日のことを、僕は今でも忘れない。1976年10月16日、朝から小雨の降る、寒い日だった。

僕は春樹さんと社長車のベンツに乗って、日比谷の映画館に向かっていた。今日、いよいよ『犬神家の一族』が封切られる。客は入っているだろうか？　もし失敗すれば、角川書店に未来はない。車の窓ガラスに滴る雨粒を見ながら、僕は心の中で祈っていた。

ここ数ヵ月、僕は寝る時間を惜しんで『犬神家』のために奔走していた。

春樹さんは、角川書店とは別に、角川春樹事務所という映画製作会社を飯田橋の小さなマンションの一室に作った。春樹さん以下、社員など6人が株主になった。僕も、株を持たせてもらっていた。

「野性時代」の業務の上に、映画の仕事が加わり、僕は精神的にも肉体的にも限界まで追い込まれた。もうこれ以上は無理というところまで、頑張りぬいた。

最初に、その光景に気づいたのは春樹さんだった。

「おい見城！　すごい人だぞ」

見ると、映画館の周りは人であふれていた。客の列は映画館の周りを2周し、それでも足りずに皇居のほうまで続いている。最後尾は、どこにあるかもわからなかった。

その瞬間、急に肩の力が抜け、僕の目から涙がとめどなくあふれ出た。僕の圧倒的努力は、無駄ではなかったのだ。僕は後にも先にも、これほど仕事で泣いたことはない。

市川崑《こん》監督、石坂浩二主演による『犬神家の一族』は、日本映画史を塗り替える、空前の大ヒットとなった。押し寄せる客に日比谷劇場だけでは対応できず、近くの東宝系の映画館も、その日のうちにすべてプログラムを『犬神家』に変えた。

チューリップハットにもじゃもじゃ頭、よれよれの服に下駄、頭をボリボリ掻き、落ちる大量のフケが笑いを誘う——。「日本一愛される探偵、金田一耕助」の誕生の瞬間だった。

その後「金田一耕助シリーズ」は何度も映画化、テレビドラマ化され、『犬神家の一族』は日本の推理小説のなかでも、最も有名な作品の一つとなった。

また、大野雄二によるテーマ曲、『愛のバラード』も大ヒットした。

映画と音楽と本を一緒に売る、「ブロック・バスター」の手法、今でいうメディアミックスによって、角川書店の業績は一気に上昇し、やがて大手出版社の仲間入りをした。

角川文庫は、横溝正史に続いて森村誠一、小松左京、半村良、高木彬光、大藪春彦と、どんどんラインナップを増やしていった。『人間の証明』『復活の日』『戦国自衛隊』『白昼の死角』『野獣死すべし』など、春樹さんは次々と角川文庫を原作にして映画化を推進した。映画とともにその作家の文庫群は飛ぶように売れた。

こうして70年代から80年代にかけて、角川映画は黄金期を作った。洋画とテレビに押される一方だった日本映画界の停滞を打ち破ったのだ。

80年代には、薬師丸ひろ子・原田知世・渡辺典子の「角川三人娘」が登場。彼女たちを起用したアイドル映画が多く作られるようになり、『セーラー服と機関銃』や『時をかける少女』などは文庫とともに主題歌、映画も大ヒットを記録した。

アイドル映画はあまり予算をかけずに済む。そのため、利益がとても大きなものになった。

僕は春樹さんの傍らで、多くの仕事を経験してきた。大胆な発想やキャッチコピー、宣伝の仕方など、春樹さんから学んだことは数知れない。

僕は角川書店の社員の中で、一番稼いでいたと思う。入社1年目から退職するまで、それは続いた。誰よりも仕事をしている自信もあった。ギリギリまで頑張っている手応えが、僕を支えていた。

角川書店に入って16年目、僕は41歳で取締役編集部長になった。40代前半での取締役起用は、大手出版社では異例のことである。十数年上の先輩を差し置いての、大抜擢だった。僕の昇進を快く思わない人も大勢いた。根も葉もない噂が飛び交い、不愉快な思いをすることもしばしばあった。僕は仕事の結果を出し続けて、みんなを納得させるしかなかった。

春樹さんの引き立てによって、僕は多くのものを得た。その一つが、異例の昇進だったことは間違いない。しかし、それ以上に、さまざまな手法を春樹さんから学ばせてもらった。

春樹さんは、やはり、プロデュースの天才だと僕は思う。春樹さんから受け継いだものは、今も僕の中で息づいている。

中身より外見が大事　――林

仕事のできる人には特徴があります。それは、見た目がシンプルだということ。きちんと働けば、仕事はその人に、驚くほど多くのものを与えてくれます。中でも一番大きなものは、生きるスタイルではないでしょうか。

私は、プロとアマチュアの違いとは、無駄の差だと思います。プロはとにかく無駄がありません。これは女性の場合、とくに顕著です。ファッションや立ち居振る舞いがすっきりとし、どことなく引き締まった感じがします。

彼女たちには、ある種の意地があります。それはお金をもらう以上は、この場に必要な人間になってやるという強い気持ちです。

お店などで、そういう人たちと接すると、何となく気持ちいいものです。

一方、働いていてもアマチュアの人には、この意地がありません。見るからにつまらなそうな顔つきをし、ファッションや立ち居振る舞いなどにも、しまりがありません。すべてに無駄が多いのです。アマチュアからプロになるとは、この無駄を殺《そ》ぎ落としていくことにほかなりません。そのために一番効果的なのは、トラブルに対処することではないでしょうか。

私も広告会社に勤めていた頃、何度か経験があります。そのたびに自分が成長し、強くなることがわかりました。

苦情を言ってくる人が、傷ついているのはいうまでもありません。気分を害しているからこそ、クレームをつけてきたのです。アマチュアはそれがわからないため、相手の目に、とても心外な態度に映ります。その結果、火に油を注ぐことになり、余計大ごとになることも少なくありません。

プロは、それをよく理解しており、相手の感情をこれ以上害さないように気をつけます。そして素早く、解決の最善策を見つけようとします。

これは時間との闘いです。遅れれば、それだけトラブルを大きくしてしまうからです。

この時ほど、人間の脳と体がフル回転することはないでしょう。あらゆる細胞が目覚めたようになり、意識は鋭くなって、一点に集中します。

トラブルを処理できると、言いようのない充実感が得られます。もしかしたら、人間の味わう充実感のうち、これに勝るものはないかもしれません。

うまく行くとは、限りません。慣れないうちは、失敗のほうが多いでしょう。

私も若い頃は、仕事でよく泣きました。はじめのうちは、甘ったれの涙です。それがやがて悔し涙に変わりました。

甘ったれの涙と悔し涙の区別は、簡単です。前者は人前で流しますが、後者は一人で流します。

そして悔し涙を流したことが、懐かしい思い出になれば、それはプロになった証です。

こんなふうに仕事は人間を鍛え、成長させてくれるのです。

仕事は生活のためと考え、その時間を消極的に過ごしていては、成長は望めないでしょう。

そういう人は、私は自分のために働いているのだ、会社のために働くなんて、馬鹿らしいと考えているにちがいありません。

でも、物は考えようです。仕事は、プロになるための訓練と考えることはできないでしょうか。プロになって技術を得るのは、会社ではなく自分です。会社を移ったり、独立したりしても、その技術は生かせます。

逆に、きちんと働かなければ、技術の習得も、中途半端になります。

こう考えると、消極的に働くことは、結局自分が損をすることではないでしょうか。

プロは無駄がないため、見ればすぐにわかる。それは仕事に対する姿勢が、生きるスタイルを決めるからだと、先ほど私は言いました。

スタイルやフォームというのは、とても大事だと思います。

芸道や作法など、日本人は昔から「型」というものを、非常に重視してきました。ところが戦後、この思想はすたれ、「外見より中身が大事」という考えがはびこるようになりました。服装や礼儀も、堅苦しさのない自由なものが好まれ、あらゆるものから秩序が失われました。この傾向は、プロが少なくなり、アマチュアばかりが増えたことと関連している気がします。

私自身、型やスタイルの大切さに気付いたのは、大人になってからです。日本舞踊を始めたり、着物を着るようになったりして、ようやくわかりました。姿勢がよくなったり、動作ががさつでなくなったり、見た目がよくなることは、大変な自信を生みます。

服装でも立ち居振る舞いでも、スタイルがあると、周囲に不快感を与えません。これはとても大事なことだと思います。

たとえば、箸の使い方でも、矯正しようとすれば、大変な努力がいります。でも、正しく使えるようになれば努力が報われ、自信が生まれます。この自己肯定感が、生きてゆく上でとても大切なのです。

「外見より中身が大事」という考え方は、見た目やスタイルをよくしようという努力を阻みます。

私は、世にはびこるこの考え方を、一度捨てたほうがいいと思います。そして、多くの人が生きるスタイルを持つようになれば、この日本はもっと心地よく暮らせる国になるのではないでしょうか。

何かに熱中すれば、必ず実りがある

――見城

女性もどんどんプロになるべきだという林さんの意見に、僕も大賛成だ。今や、仕事に男女の区別はない。ビジネス社会に存在するのは、仕事のできる人間とできない人間、この2種類だけだ。

いまだに発想法など、仕事での男女の違いを云々する向きもあるが、時代錯誤もはなはだしい。結局それは、有能な女性に対する、男の嫉妬にすぎない。

僕が編集者になった70年代前半は、今とは比較にならないほど、社会における女性の地位は低かった。

その頃、働く女性の新しい像を提示したのが、五木寛之さんの小説『燃える秋』だ。これは、当時角川書店の文芸誌「野性時代」に在籍していた僕が担当した作品である。

『燃える秋』の執筆前、僕は五木さんの海外旅行に同行させてもらった。行き先はイラン。小説の重要なモチーフとなる、ペルシャ絨毯《じゅうたん》を取材するためだ。五木さんは、当時、日本で一番売れていた作家である。編集者冥利《みょうり》に尽きるとはこのことだ。二人だけの旅に、僕の胸は躍った。

イランの首都、テヘランに降り立ち、古都シラーズや、かつて「世界の半分」と呼ばれるほど隆盛を極めたイスファハンなどを巡った。

壮麗なモスク、ブルーや薔薇色を基調とした鮮やかなタイル装飾、チャドルと呼ばれる黒い布で全身を覆った女性たち――。見るものすべてが珍しく、熱心にメモを取る五木さんの後ろで、僕は子供のように興奮していた。

旅の目的であるペルシャ絨毯工房は、イラン北西部タブリーズにあった。タブリーズのバザールは、中東最大にして最古の商業施設だ。屋根で覆われた広大なアーケードに、7000を超える店々が建ち並び、1万5000人以上が働いているという。

敷物を売る店が集まった一角には、見事なペルシャ絨毯が所狭しと並んでいた。バザールに軒《のき》を連ねる店の一つ一つが、工房にもなっている。

店の奥に入ると、天窓から差し込む光の中で、15人ほどの女性が並んで絨毯を織っていた。織り子の年齢はまちまちで、中には小学校低学年くらいにしか見えない少女もいる。

僕たちは、黒いスカーフを頭に巻いた中年の織り子に話を聞いた。

「私は7歳からこの絨毯を織り始め、40歳でやっと4分の3までできました。完成にはあと10年はかかると思います」

五木さんはほうっとため息を吐《つ》き、織りかけの絨毯を手に取った。

「女の一生を吸い取って、極上の一枚のペルシャ絨毯が出来上がるわけですね」

彼女の人生が、すべてこの美しい文様の中に織り込まれているのだ。何とロマンチックなのだろう。

五木さんはこれをモチーフに、作品を作り上げた。現地で見たペルシャ絨毯には、それほど豊かなイメージを喚起する力があった。

『燃える秋』の主人公、亜希は、ペルシャ絨毯に魅せられた女性だ。彼女は恋愛や結婚よりも、ペルシャ絨毯を選ぶ。自分の人生を極めたいと、恋人に別れを告げて、ひとりイランへと旅立つのである。

『燃える秋』がベストセラーになったのは、物語の面白さのほかにも、亜希の生き方が、多くの女性の共感を得たからではないかと思う。

従来の価値観に縛られず、自分らしい生き方を選ぶ亜希は、当時の女性たちの憧れになった。

1970年代、女性は結婚して家庭に入るのが当たり前とされていた時代に、五木さんは、まったく新しい女の生き方を鮮やかに提示したのである。

五木さんは『燃える秋』のあとがきに、こう書いている。

「時勢に背を向けて、愛に生きる男がいても一向におかしくないように、義に生きる女がいて悪い理由がない。（中略）本能的な愛だのに溺れることのできない女のことを、人々は頭デッカチな女と言う。子宮で生きる女にくらべて、彼女らは常に評判が悪いようだ。だが、お尻デッカチな女ばかりが女ではない。母性本能だけが美しいのでもない。義のエロチシズムというものも、またあるのである」

女性が妻や母親になるのではなく、自立し、一本筋の通った生き方をすること。これは80年代以降定着した、仕事を持つということだ。

以前、多くの男性は、家庭的な女性を好んだ。しかし、そうした男の志向も、時代とともに大きく変わった。

僕自身、仕事のできる女性には、とても魅力を感じる。仕事とは厳しい半面、正直でもある。打ち込めば、必ず実りがある。そこに、男女の違いはない。

何かに打ち込んできた女性は、内面も磨かれている。いくらきれいでも、内面の伴っていない女性は、魅力的ではない。

亜希はペルシャ絨毯に熱狂した。自分の情熱に忠実に生きたからこそ、魅力的なのだ。

一人で海を渡り、異国の地で暮らすのは、当時の女性には、相当勇気のいることにちがいない。何かに熱狂した経験は、決して無駄にはならない。1年後か2年後かはわからない。もしかしたら10年、20年後かもしれない。それは血肉《けつにく》となり、必ず実を結ぶのだ。

第三章　最後に勝つための作戦

人がやりそうにないことをやる

――林

人がやりそうにないことをやる――。これが若い頃、私が世に出るための戦略でした。

誰かの目に留めてもらうためには、目立つもの、インパクトのあるものにしなければならない。なんとなく思いついたアイデアは、たいていありふれています。いくら自分がいいと思っても、ほかに同じようなことを考える人はいくらでもいる。そうならないために、「人がやらないこと」を考えればいいと思います。

1979年、25歳。私は、小さな広告制作会社のコピーライターでした。でも、今思うと、おそろしいほど無知だった。一度、こんなことがありました。飲み屋のチラシのコピーを任されたのですが、私が考えたのが、

「今夜のあなたは、スコッチにしますか？　それともウイスキーにしますか？」

スコッチが、ウイスキーの一種だなんて考えたこともなかった。それぐらい物を知

らなかったのです。

私が、そういうドジを踏むたび、周りの人がカンカンになりました。「なんで、こんなことも知らないんだ」「お前はダサいよ、田舎っぺ」「お前って、ほんと可愛くない。とても連れて歩けないよ」……もう、さんざんな言われようです。やることなすことすべて裏目に出た、ひどい時代だったと思います。

でも私が、自分をわきまえていなかったかといえば、そんなことはありません。誰よりも早く会社に来て、トイレ掃除やタオルの洗濯をやったり、お茶くみをしたりしました。自分で言うのも何ですが、健気《けなげ》でよく働く子だったと思います。

一方で、心が荒《すさ》んでいました。新宿の裏通りにある飲み屋で、覚えたばかりの煙草を吸いながら、会ったこともないマスコミ有名人を、「○○がさあ〜」と呼び捨てにして、クダを巻いたりしていました。人を羨んでばかりいる、最低の業界人です。

ある日、広告の雑誌を読んでいたら、こんな告知を見つけました。

「糸井重里コピー塾　3年以上の経験者を求めます　定員20人」

私は、これだと思いました。私を救ってくれる「蜘蛛の糸」が、天から下りてきたのが、見えた気がしました。早速応募し、週に1度、「糸井塾」に通うようになったのです。

糸井さんは、当時すでに超一流のコピーライターでした。それだけでなく、大ベストセラーになった矢沢永吉さんの自伝『成りあがり』の構成や、沢田研二さんの大ヒット曲『TOKIO』の作詞を手掛けられ、気鋭のクリエイターとして光り輝くような存在でした。

私は、とにかく糸井さんの目に留まりたかった。そこで考えたのは、服装でした。ほかの受講生より目立とうと、銀色に光るジャンパーに刈り上げのショートヘアという、はやり始めた「テクノルック」で通ったのです。髪は「デップローション」という、ポマードみたいなので固めます。

テクノルックといっても、今の若い人たちは、ピンと来ないかもしれません。当時、坂本龍一さんがやっていたYMOをはじめ、テクノポップという音楽があり、彼らがそういう服装をしていたのです。

テクノルックをすることは、恥ずかしくて仕方ありませんでした。いかにも業界人らしい服装に、抵抗があったのです。でも、目立つためと割り切ると、モヤモヤしたものはなくなりました。

もちろん、服装だけではありません。毎回出される課題にも、一生懸命工夫しました。

ある日、作詞が課題として出されました。その頃は、フォークやニューミュージックが全盛の時代。歌詞は「そよ風の高原で、君は髪をなびかせて～」といったものが、主流でした。

ほかの人は、みんなフォーク調の詞を書いてくるにちがいない——。そう思った私は、『池袋ハイボール』というタイトルの、ド演歌を書いたのです。

「あんな女と思ってみても、燃える心は消せはせぬ。惚れた男は片手じゃ足りぬ～」という、詞を読んだだけで、コブシのきいた歌声が聞こえてくるようなもの。

発表の日、私は絶対にウケるはずだと意気込んでいました。ところが、私が読みあげても、教室はしーんと静まりかえり、笑い声一つ聞こえません。

その時、糸井さんがポンと手を打ち、「君、面白いよ」と、ほめてくれたのです。

尊敬する糸井さんに認められたことは、私の中で大きな自信になりました。

糸井さんは私に目をかけてくださり、私は糸井さんの事務所に勤めるようになったのです。ここがステップアップへの、大きな転機だったと思います。

その世界で力を持つ一流の人に認めてもらうためには、取り入ることもアリでしょう。そうした関係の築き方を、否定はしません。私自身、奇抜な格好で目立とうとしたのですから。でも、気に入られようとするだけではいけない。相応の工夫や努力が必要です。私の場合は、それが「人がやりそうにないことをやる」だったのです。

中には努力もせずに、食い込もうとする人がいますが、これはもう見苦しいだけ。見極められ、評価されるには、やはり何か持っていなくてはなりません。

私は少し上の立場になってから、かつての私のように売り込みに必死の女の子たちをいっぱい見てきました。フンと無視したこともあるし一生懸命力になってあげたこともあります。この差は何なのか。やはりそのコが一緒にいて面白いかどうかなんです。

面白い、という印象には、たくさんのものが含まれているんです。

人の心をつかむには圧倒的努力しかない

――見城

　若い頃林真理子が、スコッチがウイスキーだと知らなかったと聞いて、思い出したことがある。

　今では大物のある女優が上京して間もない頃、縁あって、僕は仕事やプロダクション選びなど、彼女のお手伝いをすることになった。まずはもてなそうと、彼女をフランス料理店に連れて行った。ギャルソンが来て、「食前酒は何にいたしましょうか」と尋ねた。彼女は躊躇《ちゅうちょ》なく、「ブランデー」と言ったのだ。

　ギャルソンは、心の中で笑っているにちがいない。僕はギャルソンが行ってから、小声で彼女に言った。

「君さ、ブランデーは食後酒だよ。食事が終わってから頼まなきゃ、ダメなんだ」

「えっ、そうなんですか」

　その時の驚いた彼女の顔が、今も脳裏に焼き付いている。

まあ若い頃は、誰でもそんなものではないだろうか。

20代の林さんが、糸井塾の課題で、『池袋ハイボール』というド演歌を書いたこと。僕は、これほど林真理子の成功を象徴しているエピソードはないと思う。

女性が世に出るために使うものといえば、やはりルックスだろう。

実際、ものすごくスタイルのいい、きれいな女性の場合、どんな世界でもチャンスは、そうでない人に比べて、100倍多いのは確かだ。

失礼ながら、林さんには女の武器がない。少ないチャンスをものにするためには、どうすればいいか——。そこから林さんは、人生の戦略を立てたのだ。そして見事に糸井重里氏の心をつかみ、そこから成功への階段を上り始めた。

若い頃、自分を引き立ててくれるキーマンをつかむことは、とても大事だと思う。林さんにとっての糸井氏は、僕の場合、角川春樹さんに当たる。

当時、24歳だった僕は、勤めていた廣済堂出版を辞めたいと考えていた。廣済堂出版はビジネス書や実用書を扱う出版社だった。僕は、文芸書を作りたかったのだ。

ある時、たまたま春樹さんに会う機会があった。こんなチャンスは二度とないと思い、「角川書店に入れてください」と言うと、春樹さんは「できない」と言う。しかし、「今、ある企画で船を作っているから、明日俺について、淡路島に来ないか」と言った。

今では当たり前になっている文庫本のカバーは、角川書店の当時の編集局長、春樹さんが最初に付けたものだ。素っ気ない文庫本を、現代的でカラフルなカバーでおおうのは、古典や名作が中心だった文庫のあり方を百八十度変える、画期的なものだった。コンテンツもカバーと同様、娯楽性に富んだものになり、角川文庫は大ヒットを連発。角川書店は空前の好景気に沸いていた。

春樹さんはまた、冒険家としての一面も持つ。学生時代には伊豆の下田から、アルゼンチンやチリまで、太平洋を船で渡ったこともあるという。その頃春樹さんは、『魏志倭人伝』の記述通り、釜山《プサン》から博多まで航海するという本人としては大真面目だけれど、他人から見たら酔狂な計画を立てていた。古代船「野性号」は、古代の造船方法を忠実に守り、釘《くぎ》一本どころか、かんなやノミさえ使わずに作られた。

淡路島で、僕は春樹さんのカバンを持ち、一日中ついて回った。最後に春樹さんは、「お前のこと、気に入ったよ」と言ってくれ、僕はアルバイトとして、野性号事務局に配属された。

事務局の職員は僕と事務局長の二人。しかも事務局長は、ほかの仕事が忙しく、滅多に顔を出さない。僕は一人で、野性号事務局の仕事をこなさなければならなかった。

事務局の仕事は、韓国との関係を調整したり、航海の許可を海上保安庁に出したり、僕にとって未経験なことばかりだった。編集の仕事がしたかったのに、毎日書類や帳簿と向きあい、事務作業をこなした。

しかし、これを乗り越えなければ、やりたい仕事はできない。僕はどうしてもこのプロジェクトを成功させなければならなかった。生半可《なまはんか》な努力では、人に認めてもらうことはできない。巧みな話術も、コネも持たない僕が抜きんでるためには、圧倒的努力を積み重ねるしかないのだ。

野性号の出航は、2ヵ月後に迫っていた。僕は寝る間も惜しんで仕事をした。やがて体が悲鳴を上げ、血尿が出るようになった。

それでも僕は働き続けた。何が何でも春樹さんに認めてもらいたかったからである。

野性号の航海自体は、結果的には16日間で終わるものだった。船には春樹さんや高橋三千綱が乗り込み、高橋三千綱が「エンヤ・ペティウォラ・エンヤ」という航海記を「野性時代」に書いてくれた。「エンヤ・ペティウォラ・エンヤ」とは、船を漕ぐときの掛け声である。思えば、のどかな時代だった。春樹さんたちを乗せた野性号は、天候にも恵まれ、無事博多に到着することができた。

その後間もなく、後片付けに忙しい事務局に春樹さんから電話があった。

「見城、ありがとう。野性号がうまくいったのは君のおかげだよ。よかったら、これからは社員としてうちで働いてくれないか？」

僕は涙が出そうなほどうれしかった。僕の圧倒的努力は、春樹さんに伝わったのだ。

結局、人の心をつかむには、努力しかない。それもただの努力ではない。自分を痛めるほどのものでないと、意味はない。この痛みが、人の心を動かすのだ。自分を痛めない表面的な努力では、決して人の心はつかめない。

未来の自分をはっきりと想像する

——林

見城さんと食事した女優が、レストランで失敗したとしても、「可愛いから」「きれいだから」で、許されるでしょう。

80年代、私たちがよく会っていた頃、見城さんから、こんな話を聞かされたことがあります。見城さんは、当時付き合っていたある有名美女と、美術館に行ったそうです。

「あの人は、心のきれいな素晴らしい人でね。絵の前で感動して、泣いちゃうんだ」

私は、「ケッ」と思いました。

正直に言って、若い頃はそういう女性が羨ましかった。悪口も言ったと思います。でも、中年になっても、きれいさで得をしている女性をたたく女ほど、みっともないものはありません。それこそ、負け犬の遠吠えだと思います。

そうならないためにも、なりたい未来の自分をはっきりと想像することが大事ではないでしょうか。

私は山梨の片田舎で、書店の娘として生まれました。両親は仕事で忙しかったため、あまりかまってもらった記憶はありません。その代わり、本だけは浴びるほど読みました。外で友達と遊ぶより、家で本を読み、空想しているほうがずっと楽しかった。少々風変わりな子供だったと思います。

物心がついた頃から、ぼんやりと将来は本に関わる仕事がしたいなと思っていました。しかし、大学4年生になり、就職活動を始めてすぐ、その夢は打ち砕かれてしまいます。大手はおろか、小さな出版社の試験にも、すべて落ちてしまったのです。

就職活動中は、悔しい思いもたくさんしました。

その頃、私の同級生に誰もが認める美人がいました。ある大手出版社に、一緒に採用試験を受けに行ったのですが、彼女は1次の筆記で落ちてしまった。私は2次の面接まで行き、落ちました。ところが、彼女が大学に提出した就職先は、その大手出版社。私が驚いて、「○○社に受かったの？」と尋ねると、彼女は「うん、嘱託《しょくたく》なんだけどね……」と言葉を濁《にご》しました。

詳しくは聞けませんでしたが、きれいな彼女を出版社のお偉方《えらがた》が、気に入ったにちがいありません。能力ややる気は、私のほうがずっと上なのに……。私は唇をかみしめるしかありませんでした。

大学を卒業する頃になっても、一向に就職は決まりません。出版社だけでなく、一般企業など、40社以上の試験を受けました。何の資格もない上に、学校の成績も悪い。太っている上に、器量もよくない私——。どこの面接でも、ゴミのような扱いを受けました。結果は、全部不採用。もう、泣くに泣けませんでした。

当時は、オイルショックの4年後で、短大ならまだしも、私のようにいい加減な4年制大学を出た女は、とくに厳しかった。それにしても、私の場合はひどかった。友達が、コネを駆使したり、求人広告に応募したりして、どんどんOLになってゆくのですから、私のみじめさは募《つの》る一方でした。

でも私には、どこか呑気《のんき》なところがあります。私は、不採用の通知をリボンで束ねて、宝物として取っておきました。将来、作家になった私のところに出版社の人が原稿の依頼に来て、「あなたの会社の就職試験に落ちちゃったのよ」と、笑いながら見せる日が、必ず来ると信じていたからです。

普通、運命とは、自分の力ではどうにもならないものと考えられていますが、私はそうは思いません。

信じることが、運命を切り開いてゆきます。運命とは、意志のことだとつくづく思います。強く信じれば、幸せな未来に向かってやるべきことが浮かび、自《おの》ずとそれをやるようになるからです。

漠然と夢を抱くだけでは、決してかないません。何年後かの自分を、はっきりと具体的に思い描くのです。私は、常にそうしてきました。

そのためには、どうすればいいか？

まず、今の自分をしっかりと認識することです。今、何が不満か、何が足りないのか？　就職試験で差別されて悔しかったなら、どうすればその会社の人たちを見返すことができるか？　合コンで、モテている人が羨ましかったなら、彼女にあって、自分にないものは何か。逆に、彼女になくて、自分にあるものは何か。それを踏まえた上で、どうすれば男たちを振り向かせることができるか？

そんなふうに、今の自分をきちんと見据えることができれば、自ずと未来の姿も、はっきりと見えてくるのではないでしょうか。

ビギナーズラックを信じよ ——見城

林さんほどではないが、僕も就職がうまくいったわけではなかった。

僕は、本当はテレビ局に入りたかった。しかし、当時在京キー局は、コネがないと入れなかったのだ。NHKは募集があったが、これは落ちてしまった。

出版社は大手をいくつか受けたが不採用で、中堅に2つ受かり、その一つの廣済堂出版に入社した。初任給は5万7000円だった。ハイライトが80円、タクシーの初乗り料金が130円の時代である。安いとは思わなかった。

最初の給料で背広を買った。それ以外はほとんど食事代と飲み代。そして、当時付き合っていた女性とのデート代に消えた。

あの頃の僕にとって、毎月25日に受け取る給料は生きがいのようなものだった。

「あと4日、1000円で何とかもたそう」とか、無茶なこともやっていた。「あと3日、あと2日」と給料日が来るのを指折り数え、楽しみにしていた。

あの頃は、給料が人生にビビッドに反映していたように思う。何をするにも、まず財布の中身と相談していた。見栄を張って、デートでちょっといいレストランに行ったときなどは、彼女のグラスが空になるたびにヒヤヒヤしたものだ。時計、靴、洋服、欲しいものが山ほどあった。ショーウインドーを見ながら、ため息ばかりついていた。

今、僕は自分が何にいくら使ったのか、まったく興味がない。給料日が来ても少しもうれしくないし、今月の給料で何を買おうかなど考えもしない。

それを思うと、僕は少し寂しい気持ちになる。少ない給料を楽しみにしていた頃が、むしろ幸せだった気がするのだ。

廣済堂出版に入っても、与えられるのは下請けの仕事ばかり。僕は早く自分で本を作りたくてうずうずしていた。

ある週末、僕は当時の恋人と新宿御苑の近くを歩いていた。ある雑居ビルに掲げられた『公文算数研究会』という看板が、僕の目に留まった。

「公文？　なんだろう？」

公文という聞きなれない言葉が、記憶に残ったのだ。

数日後、僕の疑問は解ける。新聞に、『公文式算数教室　指導者募集』という小さな広告が載っていた。僕はそこで初めて、公文式というのが、フランチャイズ式の算数塾ということがわかった。独自のノウハウを指導者に伝えて、それに基づき、指導者が自分の家や教室で生徒を教えるのだ。

独自のノウハウがあるというところに、僕の直感は働いた。就職したばかりの僕は、もとより編集のことなど何も知らない。しかし、それは既成概念に縛られず、素直に判断できるということでもある。いわゆるビギナーズラックとは、これを指している。

オリジナルなノウハウがあるなら、きっと本になるだろうと単純に思った。僕はさっそくアポを取ると、この前の雑居ビルに向かった。

先方は、社員17〜18人ぐらいの小さな会社だった。本を出すことなど考えたこともなく、僕の言っていることも、なかなかわかってもらえなかった。

「タイトルは『公文式算数の秘密』でいきましょう。本がヒットすれば、生徒数も飛躍的に伸びますよ」

先方は、半信半疑だった。何日かして、指導部長の岩谷清水《いわたにきよみ》さんから連絡があった。

「やりましょう。公文会長もやってみようとおっしゃっているし」

こうして、僕が初めて企画編集した本、『公文式算数の秘密』が生まれた。

公文式の最大の特徴は、繰り返し計算問題を解くことである。そのノウハウを、僕と岩谷指導部長が一冊にまとめた。

しかし、このまま書店に並べても、多くの本に埋もれてしまう可能性が高い。本が売れるためには、何かきっかけを作る必要があった。当時、公文式には5万人の生徒がいた。

「生徒さん5万人のうち、3万人でも本を買ってくれれば、ベストセラーになります。生徒の親たちに書店で買ってもらうようにしてください」僕は岩谷指導部長にお願いした。

そして『公文式算数の秘密』は、38万部の大ベストセラーになった。

『公文式算数の秘密』のヒットによって、公文式の生徒数は飛躍的に伸びた。雑居ビルの一室にあった本部も西新宿の大きなビルに移り、数十年後には市ケ谷の駅前に自社ビルを建てるまでに成長した。今では高輪に壮麗な本社が聳《そび》えている。

売れるコンテンツには4つのポイントがある。オリジナリティ、明快、極端、そして癒着である。僕はこれを、「ベストセラー黄金の4法則」と呼んでいる。

『公文式算数の秘密』は、このすべてを兼ね備えている。

公文式算数は、オリジナルである。単純な計算を繰り返し解くという教え方は、明快かつ極端だ。会員が本を買うという、はっきりとした癒着もある。

はからずも僕は、最初の本で「ベストセラー黄金の4法則」を実行していたことになる。

しかし新米編集者だった僕に、もとより深い策略があったわけではない。ただ本能の赴《おもむ》くままに飛び込み、交渉して本を作っただけだ。失敗するなどとは考えてもいなかった。

ビギナーズラックは、努力していれば、確かに巡ってくる。何かが閃《ひらめ》いたら、ためらわずに賭けてみるべきだ。

誰かに褒められたことを思い出す

――林

大学卒業後は、アルバイトで日銭を稼いでいました。千葉にある薄毛専門のクリニックで、人工毛を注射器に詰める仕事です。単純作業であるうえに、頭のハゲたおじさんのためという地味さ。面白くも何ともありません。食べるだけで精一杯で、洋服に回すお金なんてありませんでした。

この頃私は、毎日のようにソックスを履いていました。パンティストッキングはすぐ破れてしまうけど、ソックスは洗濯さえすれば、何度でも使えるからです。街ですれ違うOLのスーツ姿が、とてもまぶしく感じられました。

毎朝、スーツ姿のきれいなOLたちは、上りの通勤電車で華やかに都心に向かいます。一方、私は、ダイエーのバーゲンで買ったデニムのフレアスカートにソックスという、おばさんみたいな垢抜《あかぬ》けない格好で、千葉に向かうのです。

まだ、フリーターという言葉もなかった頃です。学生時代との落差に、私は呆然としました。大学生の頃は、親からの仕送りとアルバイトで、おしゃれを楽しむ余裕もありました。友人たちとのドライブ、スキーや避暑地でのテニスといった思い出も、今では夢のよう。

あんな楽しい日々は二度と来ないだろうと思うと、総武線の窓から見える景色が、涙でゆがんだことは、一度や二度ではありません。

その頃私は、上池袋にあった4畳半一間のアパートに住んでいました。家賃は86００円、風呂なし、共同トイレです。お金がなかったので、部屋で食パンばかり食べていました。

壁が薄く、プライバシーなどないようなボロアパートでしたから、自然と住人同士が仲良くなります。

隣の部屋に引っ越してきた、運送会社に勤めるOLのB子とも、お互いの部屋を行き来して、おしゃべりするようになりました。

B子は社内報を作る部署にいて、その技術を得るため、コピーライターの養成講座に通っていました。

いつものように、銭湯から戻って、彼女の部屋でコーヒーをごちそうになっていると、

「これ、私の作った作品なんだ」

と、B子は茶封筒に入ったチラシを見せてくれました。

それは、作品というにはあまりにもお粗末なものでした。これなら私のほうが、ずっとうまく書ける——。私は、半ば無意識に、「私もコピーライターになろうかな」と口走っていました。

「それがいいよ。私、前からやればいいと思ってたの。あんただったら、できるよ」

B子のこの言葉で、私は目の前がふっと明るくなるのを感じました。貧乏生活で薄れかけていた自信を、取り戻したのです。それから間もなく、私はB子と同じ養成講座に通い始めました。

そこで私は、生まれて初めて必死で頑張りました。その甲斐あって、とても成績がよかった。毎回授業のはじめに、前回の課題の優秀作が配られるのですが、そこにいつも私の作品が選ばれていました。

自分が生きるべき場所への嗅覚が、働いたのだと思います。この嗅覚は、誰にでもあるのではないでしょうか。ただし、自信のある時しか働きません。そのためにも、自信を持つことは、とても大事だと思うのです。

一度、新発売の自転車が課題に出たことがあります。普通にコピーを考えるだけでは面白くないと思ったので、知り合いのギターをやっている人のところへ、ケーキを持って頼みに行き、CMソングを作ってもらって、一緒に提出したこともあります。私の戦略、「人がやりそうにないことをやる」が、発揮された形です。

結局、養成講座を2番の優秀賞で卒業した私は、そこから紹介され、ついに広告制作会社に就職したのです。

「マリコちゃんは、普通じゃない」

「きっと、何かになる」

学生時代から私は、格別成績がいいわけでも、リーダーシップを取る性格でもないのに、何人かの女友達からこう言われることがありました。

彼女たちの賛辞に、私はえも言われぬ心地よさを感じていました。それは少女特有のうぬぼれだったかもしれません。

でも、人に褒められることほど、うれしいことはありません。ほかのことは忘れても、ずっと覚えているものです。

自信を持とうと思っても、根拠がなければ、なかなか持てるものではありません。誰かに褒められたことは、自分への強い支えになります。

辛い局面にいて、自信を失いかけたときは、誰かに褒められたことを思い出せばいい。それによって励まされ、未来への道筋が見えてくることがあります。

自分の好きなことを仕事にせよ　――見城

林さんは、自信を失いかけたとき、誰かに褒められたことが支えになるとのことだが、僕の心の拠《よ》り所は、「自分は編集が大好きだ」という抜き差しならぬ想いである。未知の才能の発掘、鮮やかな仕掛け……。僕はいつも何かに熱狂していたい。自信は、いつも後から付いてきた。

角川書店の社員になり、文芸雑誌「野性時代」に配属されて、僕は若手作家の担当になった。ゴツゴツした荒削りな作品を読み込み、赤を入れて直してゆく。作家と二人三脚で、作品をよりよいものに磨き上げていくその作業に、僕は熱狂した。

しかし、そうして出来上がったせっかくの作品も、無名の新人という理由だけでボツにされることも、よくあった。

仕事をしているよりも、作家のグチを聞きながら酒を飲む時間のほうが長かった。僕は彼らに何度も自分の力不足を詫びた。

自分が思い入れた作家の作品を、「野性時代」に載せるためには、僕がまず、編集者として実績を作らなければいけない。みんながあっと驚くようなベストセラーを作ってやろうと僕は決意した。そこで僕は、当時新進気鋭の推理作家だった森村誠一さんを担当したいと、社長の春樹さんに直訴した。

その頃『人間の証明』の連載が始まったばかりだった。連載第5回から、担当は僕になった。それからしばらくして、角川映画の第1作『犬神家の一族』が大ヒットした。春樹さんは、映画の第2作は、『人間の証明』にするという。そのためには、何としても原作小説を面白くし、ベストセラーにしなければならない。連載中、僕は森村さんにいくつもの熱のこもった提案をした。

こうして出来上がったのが、『人間の証明』である。1977年に松田優作主演で映画化され、大きな話題を呼んだ。

角川春樹さんはテレビCMなどで大規模な宣伝をうち、本と映画、音楽の相乗効果を狙っていた。今で言う、メディアミックスの走りである。その手法は見事にあたり、『人間の証明』は、映画、書籍、主題歌ともに大ヒット。書籍は文庫を含め、400万部を超える大ベストセラーになった。

それを受け、森村誠一の大ブームが沸き起こった。『人間の証明』を筆頭に、『新幹線殺人事件』や『高層の死角』など、文庫ベストセラーの10位まですべてを、角川文庫の森村作品が占めたのだ。これには僕も驚いた。あんなことは、後にも先にも経験したことがない。

僕はここで、浮かれていてはだめだと思った。成功は、すぐに捨て去らなければならない。しかし、あまりにすごいブームなので、証明シリーズの第2弾をやらない手はない。僕は森村さんに、執筆の依頼をした。これが『野性の証明』である。本はベストセラーになり、高倉健、薬師丸ひろ子主演の映画も大ヒットになった。

角川映画は、『犬神家の一族』『人間の証明』『野性の証明』の3作の成功で、礎《いしずえ》を築いた。以降、『蘇える金狼』『戦国自衛隊』『復活の日』と、ヒットを連発してゆく。原作の文庫も面白いほど売れた。文庫のしおりを映画の割引券にし、それを目当てに本を買う人も多かった。これも見事な戦略だった。春樹さんが考え、僕が東奔西走する形で、角川映画というプロジェクトは大きく実ったのだ。

その頃は、残業手当が上限なしで付いた。廣済堂出版で6万円ぐらいだった給料は、一気に40万円ほどになった。僕は、ほとんど休まなかった。朝早くに出社し、遅くまで働いた。夜は担当作家たちと飲み歩いたが、それも仕事である。日曜も働いていた。

なぜそこまで仕事に熱狂することができたのか？

答えは一つしかない。どうしようもなく、小説が好きだったからだ。どんなに体が疲れていても、辛いとは思わなかった。

僕は編集という仕事を選んで、本当によかったと思う。とりわけ僕は、相手が書きたくないものを書かせることに、心血を注ぐのが大好きだ。

編集者の一般的なイメージは、作家から原稿を受け取り、それに赤を入れて本にするというものだろう。間違いではないが、ほんの一部でしかない。

それよりもっと大事なのは、作家に刺激を与えることだ。

僕はいろんな作家と毎日のように飯を食ったり、酒を飲んだりした。一緒に旅行にも行った。そうしながら、どんな家庭で育ったか、どんな恋愛をしてきたのかを聞く。恋人同士のように濃密な時間を過ごしながら、この人のどこに黒い血が流れていたり、隠し持つ傷があったりするかを探ってゆくのだ。黄金の鉱脈は、そこにしかない。外からは見えない血や傷を、作家自身に突きつけるのが編集者の仕事である。相手の腹の中に手を突っ込み、内臓を引きずり出すような作業が、楽しくてならなかった。

「自分の好きなことを仕事にしなさい」

言い古された言葉だが、これほど正しいものはない。車、ラーメン、ファッション、スポーツ……何でもいい、自分が好きで、熱狂できるものを仕事にしなければダメだ。熱狂していれば、苦痛はもとより、退屈も虚《むな》しさも感じない。そこから必ず、結果という実りが生まれるのだ。

これはとても大事なことである。好きではないことを仕事にしても、本当にいいものが生まれるはずがない。それは人生という限りある貴重な時間の、とてつもない空費である。

目立つために空いている場所を狙う　――林

自分をアピールするためには、競争相手が少ない所を狙ったほうがいい。理由は簡単。そのほうが目立ちやすいからです。

処女作『ルンルンを買っておうちに帰ろう』を書くにあたって、私はまず書店へ行き、どんな女性のエッセイが出ているかを調べました。

当時人気のあった女性のエッセイというと、落合恵子さんや安井かずみさんのようなおしゃれなものばかり。女のホンネをつづったものは、ほとんどありませんでした。

私は、『ルンルンを買っておうちに帰ろう』のまえがきに、あえて挑戦的に、こう書きました。

「彼女たちはその本の中ではやたらパンツ脱いで男と寝ちゃうけれど、文章を書くということにおいては、毛糸のズロースを三枚重ねてはいている感じ。

なにをこわがっているんだろう。

なにをおそれているんだろう。

若い女がもっているものなんてタカがしれているじゃないか、と私はいいたい。

ヒガミ、ネタミ、ソネミ、この三つを彼女たちは絶対に描こうとしないけれど、それがそんなにカッコ悪いもんかよ、エ！

とにかく私は言葉の女子プロレスラーになって、いままでのキレイキレイエッセイをぶっこわしちゃおうと決心をかためちゃったのである」

そして、初体験について、私は学校時代に苦手だった、体育のとび箱になぞらえて、こう書きました。

「初めて男の子とセックスした時、真っ先に思い出したのはこのとび箱だった。（中略）

『いつ頃この手は離したらいいのだろうか』

『あ、このポーズだと、私のいちばんの弱点である出腹をしっかりと見られちゃう』

『キャッ、私ってからだが固すぎるのかしらん』

とまあ、実にいろんなことをシビアに考えるのですね。終った時は正直いって『ヤレヤレ』という感じでした」

それまでの初体験というと、

「めくるめくような時が過ぎ去った、私は無になったのを知った」とか、

「嵐のような時が過ぎ去って、目覚めたら朝だった」

というような、白々しい描き方がほとんどだったのです。

本が出て、私は当時付き合っていた彼に、こう言われました。

「あんなこと書いて大丈夫なのか。もうまともなところへお嫁にいけないかもしれないぞ」

私は、飛び上がるほど驚きました。自分の書いたことが、それほど過激だったとは、思ってもみなかったからです。

でも、そんな私の驚きをよそに本は売れ、単行本だけで30万部のベストセラーになりました。

当時、女性がセックスについて素直に書くことはタブーでした。それまでは大胆に描いたものもあったけれど、男性目線のものや、変に文学的なものばかりでした。男に抱かれている最中、女がどんなことを考えているか、男が誘う時、女がどんな計算をとっさに働かせているかといった、種明かしの本は初めてだったと思います。

それだけではありません。就職に失敗し、みじめさを噛みしめていた頃、友達の成

功に嫉妬の炎を燃やしたことなども書きました。

女が道の真ん中でいきなり素っ裸になり、すべてをさらしたような本は、今までになかったと思います。

処女作『ルンルンを買っておうちに帰ろう』がベストセラーになったことで、私の人生は大きく変わりました。事務所の電話は、取材の申し込みで鳴りっぱなしで、毎日、たくさんの取材を受けました。書店でサイン会も開き、私が着くとすでに長い行列ができていて、腰を抜かすほど驚きました。

一方で、さんざん悪口も言われました。

「林真理子って、すごい売り込みをしたんだよー」

「あそこまでできないよねー」

成功に嫉妬は、必ずついてきます。そこはいちいち気にせず、おおらかに構えていればいいと思います。

嫉妬から悪口を言う人は、自分がどれほど卑《いや》しい顔つきをしているか、気付いていません。こちらは憐《あわ》れみ、黙って微笑んでいればいい。

むしろ、悪口を言われないほうが、よくないのではないでしょうか。それはまだ、本当の意味で評価を得ていないからだと思います。

成功したいと思ったら、どこが空いているかをまず考えるべきでしょう。どんな分野でも、人がまだ注目していなかったり、忘れたりしている隙があるはず。

そこに向けて努力すれば、すでに人が大勢いるところを狙うより、成功の確率はぐっと高くなるからです。

今から三十年以上前、本屋の棚を眺め、

「今、ここにないものを書けば必ず売れる」

と思った気持ちを今も私は持ち続けています。

「誰も今まで書いていないものを書く」という気持ちでいますが、現在、小説の世界というのは、そんなに単純ではありません。

人ができないことをするのが好き　——見城

林さんはデビュー作で、当時の女性エッセイにないものを狙うことによって、大きな成功を収めた。抜きんでるためには、何らかの戦略が必要だ。林さんの方法は、とても賢明だと思う。

しかし、僕は林さんとは違い、もっと泥臭い。僕のやり方は、あえて難しい道を選ぶことである。

僕は子供の頃から、人ができないことをするのが好きだった。

高校時代は、テストを難しい問題から先に解いていた。英語の試験なら、最初に英作文をやり、次に英文解釈、最後に英文法と進めてゆく。ときには、英作文に時間をかけすぎて、英文法は手付かずのまま時間切れということもある。しかし、それで構わないと思っていた。高い点数を取るよりも、難問を解けたときのほうがうれしかったからだ。

難しい道、普通の道、簡単な道があったら、僕は必ず難しい道を選ぶ。極上の喜びは、難しい道の先にしかないと思うからだ。

角川書店に社員として採用が決まったとき、僕はあることを心に決めた。先輩や上司が、絶対に取れない作家の原稿を取ってやろう。角川書店というブランドではなく、僕の実力や魅力で書いてくれる作家とだけ付き合おう。そうでなければ、僕の存在価値はない。

当時、人気作家の新作は、講談社、新潮社、文藝春秋、中央公論といった古豪の大手出版社から出るのが常だった。

「角川書店のような文芸に実績のない出版社では書きませんよ」と公言している作家も多かった。当時、流行作家だった水上勉や有吉佐和子など、多くの作家がそうだった。

中でも、最も新作を書いてもらうのが難しいといわれていたのが、五木寛之さんだ。

五木さんは１９６７年に『蒼ざめた馬を見よ』で直木賞を受賞してから、『青年は荒野をめざす』『青春の門』など、ヒット作を連発していた。どこの出版社も、喉から手が出るほど五木さんの新作をほしがっていた。

五木さんに「野性時代」で連載をしてもらえないだろうか。しかし、正攻法でいっても、断られるのは目に見えている。

そこで僕は、五木さんの書き下ろしや連載小説はもちろん、小さなエッセイや対談でも、発表されたら、必ず5日以内に感想の手紙を書いて送った。

「この編集者と仕事をしたら、新しい刺激がありそうだ」「作家としてステップアップできそうだ」と、五木さんに思ってもらえれば、成功である。

五木さんの心をつかむため、毎回、本人も気づいていない発見があるように努めた。注意深く作品を読み、五木さんの無意識を探った。過去の作品を本棚から引っ張り出し、比較したりもした。

それは思った以上に大変な作業だった。寝る間を惜しんで作品を読み込み、手紙を書いて、速達で送った。

五木さんもさぞや驚いたことだろう。どんなに小さな作品でも、発表するたびに手紙が来るのだ。今風に言えば、ストーカーである。

17通目にして、初めて五木さんから葉書で返事が来た。「いつもよく読んでくれて、ありがとう。いつか、お会いしましょう」と書いてあり、奥様の代筆だったが、僕は踊り出したくなるほどうれしかった。

勢いに乗った僕は、ますます熱を込めて手紙を書き続けた。

そして25通目、五木さんの常宿のホテルで面会が実現した。

五木さんと僕には、25通の積み重ねがある。五木さんとは初対面だったが、初めて会ったような気がしなかった。

五木さんは「野性時代」で新作を連載することを快諾してくれた。

ペルシャ絨毯に魅せられた女性の精神の冒険を描いた五木さんの『燃える秋』は、連載の後、単行本になり、50万部を超えるベストセラーになった。映像化のオファーも多く、真野響子《まやきょうこ》主演で映画化もされた。

この時に限らず、僕は今でもよく手紙を書く。「小説を書いてほしい」「写真集を出させてほしい」など、たいていは出版の依頼である。

いつの頃からか、僕自身も手紙で何かを頼まれるようになった。

そうなって初めてわかったのは、いかに自己中心的な手紙が多いかということだ。

それらはことごとく、読むに値しない。

「私はこんなことをしてきました」「私は今、オーストラリアにいます」……。

見ず知らずの人の長い自己紹介や近況報告に、一体誰が興味を持つだろう。初めて出す手紙には自分ではなく、相手のことを書くべきだ。

「見城さんが先日テレビに出たとき、あの発言が……」「見城さんの担当したあの作品は……」と書いてあるものには、ちゃんと目を通す。それに引っかかりがあると、初めて相手へ興味を持つのだ。

会ったことのない人に手紙を書くときの鉄則は、相手に刺激や発見をもたらすこと。それのない手紙など、出す意味はない。

お金がなくても、みじめにならない方法

――林

10代の頃、私は母によくこう言われました。

「マリちゃんは、かわいそうだ。本当は、こんな生活をしているはずじゃないんだよ。お父さんさえしっかりしてくれていたら、田舎の貧乏暮らしではなく、東京でお嬢さんになれたのに。ごめんね」

あまり言われるので、私もいつのまにか、うちの暮らしぶりはよくないと思うようになったのです。

母は、こうも言っていました。

「お金がないと、何事にも積極的になれないよ」

そして夫婦喧嘩になると、父は母にこう言うのが常でした。

「お前は金のことばっかり言う」

ある時、母がこう言いかえしたのを、私は覚えています。

ます。

「じゃああなたは、お金に代わる精神的なものを私や子供達に与えていますか」

母が言うように、ここぞという時、前に進むためには、やはりお金は必要だと思います。

でも、こう言うと、嫌味に聞こえるかもしれませんが、私は、「お金持ちになりたい」と思ったことは、一度もありません。これは決して嘘ではありません。

大学を卒業して、就職に失敗し、私は半年ほど極貧と言っていい生活を送りました。親からの仕送りはもうなく、収入はアルバイト代だけ。それはアパートの家賃で消えてしまいました。

その頃私は、どうやって生活していたのか、記憶が定かではありません。

ただ覚えているのは、毎朝パン屋さんで、食パンを半斤買っていたこと。

朝はそれを1枚だけ食べます。マーガリンをベッタリと塗り、砂糖を振りかけると、結構お腹いっぱいになりました。昼もまったく同じです。夜は2枚。少しお金があると、野菜炒めがつきました。

ある時、食パンさえ買えないことがありました。私は一日中、部屋で寝ているしかありません。

することが何もないので、ふと殊勝なことを考え、アパートの共同トイレをピカピカに掃除しました。その時私は、1000円札を拾いました。1000円あれば、1週間は楽々暮らせます。ネコババは悪いことですが、これは神様からのごほうびだと思い、私はその1000円を有難く使わせていただきました。

こんな貧しい暮らしをしながらも、私は少しもみじめではありませんでした。職がないから、お金がないのは当たり前だ。もうすぐ必ず意に添う仕事につける。今はその前の、ちょっと長い休暇なのだ——。

私は心の底からそう信じていました。

不思議なもので、信じていれば、人生は必ずそちらへ向かいます。まず、広告制作会社に就職し、コピーライターになりました。そこではいじめられたり、ののしられたりしたので、すべてがよかったわけではありませんが、200万円ほどの年収を得ることができました。それからフリーになった後、物書きとしてデビューし、半年で口座に2000万円の振り込みがありました。その通知を見たとき、私は驚きのあまり、思わず悲鳴のような声を上げてしまいました。

作家は、ある程度売れていれば、家一軒ぐらいすぐに建つ仕事です。ただし、それは2000年ぐらいまで。出版不況になって、売れているごく一握りの作家以外は、とても厳しくなっています。私は幸運にも作家が豊かな生活を送れた、ぎりぎり最後の世代だと思います。

以前、田辺聖子先生の家にお招きいただいた時、大豪邸に驚き、「すごいですね。今は本が売れないから、こんな家、とても建てられませんよ」と言うと、先生は、「私は上手く売り逃げたから」と、おっしゃいました。それがいつの間にか、先生の本の中では私が言ったことになってしまいましたけどね。

どんな仕事でも、極めれば、必ずお金は後から付いてきます。極めるところまで行かなくても、軌道に乗れば、十分だと思います。そうしているうちに、好きな家も建てられ、別荘も持ちました。

「お金は追えば逃げる」と言いますが、本当だと思います。これは追ったことのない私が言うのだから、間違いないでしょう。やはりお金というものには、合理的には理解できないところがあるのだと思います。

お金がない時は、必ず理由があります。それを自分で把握さえしていればそんなに悩むことはありません。

その時々で、私は自分の意に添う道を選んできました。そのさい、どれにすれば一番収入が多くなりそうかと考えたことはありません。私は、「これなら自分でもやれそうだ」と思ったり、「やる以上は何とかして目立とう」としたりしただけです。

作家になってからは、次回作のことしか考えません。「次は評価されたい」とか、「ちょっと世間を驚かせたい」などと、いつも思います。今は本が売れない世の中になり、確かに辛いこともあるのですが、テレビやネットのおいしい話にのるのはやめようと思っています。お金のためだけに何かするのは空しいことです。

お金のことはくよくよしない。せこいこともしない。入ってくるものは気をつけて、出ていくものは大らかに。

これは昔からの私のやり方です。

内なる声に耳を澄ませ――見城

林さんと同じく、僕も金のことは考えたことはない。こう言うと、奇異に思う人もいるかもしれない。

会社を起こす人の多くは、金銭欲が動機にあることは否定できないだろう。しかし、僕には、物質的に豊かな生活を送りたいという考えは、微塵《みじん》もない。

出版社を始めるのは、普通の会社を起こすのと少々事情が異なる。作家に依頼し、書き上がった原稿が本になるまで、普通の場合、6ヵ月はかかる。それまで、売る商品がない。つまり、売り上げがゼロなのだ。

93年に幻冬舎をスタートさせた時、ありとあらゆる無駄な出費を抑える必要があった。賃料を安くするため、オフィスは駅から遠い、不便なところに借りた。机やイスも一番安いもの。節電のため、電気も必要最低限しかつけない。電車賃を節約するため、僕は毎日代々木の自宅から四谷のオフィスまで歩いて通った。

その頃の仕事は、作品を書いてもらいたい書き手に手紙を書くことだった。作家、ミュージシャン、スポーツ選手、女優——。手紙はおざなりではなく、相手の心に刺さるものでなければ意味がない。僕は、一日5人に手紙を書くことを自分に課した。

作家ならデビュー作からすべての作品を読み返し、ミュージシャンならアルバムを全部聴き返し、相手が気付いていないことを顕在化して、発見や刺激を与えなければならない。それを一人につき、便箋7〜8枚書く。納得のいく手紙が書けるまで、何度も書き直した。

金がないから、食事は近所の安いラーメン屋かコンビニ弁当。一日、1食しか取らなかった。朝9時から夜中の2時まで手紙を書き、家までまた歩いて帰る。あの頃は、今より体が引き締まっていたと思う。

僕には、肩書に寄りかからず仕事をしてきた自負があった。角川書店というブランドで書いてくれる人と仕事をしても、僕の存在意義はない。そういう人と仕事をしている限り、ほとんど苦労せずに済む。せいぜいちょっとしたわがままや長い酒に付き合うぐらいである。

僕が作家に求めたのは、角川書店だからではなく、見城だから書くということだ。実際、「角川ではやりません」と言っている人ばかりを口説き落としてきた。

だから、僕と仕事をしてきた作家の何人かは、出来たばかりの無名の出版社でも、作品を書いてくれるだろうという自信があった。

自分が取り続けた姿勢は、独立した時によくわかる。これはどんな職業にも当てはまることだ。独立してからも関係が続くような仕事のやり方をするべきである。どの作家も、僕からの依頼を快く引き受けてくださった。

本当は彼らも不安だっただろう。すぐに倒産して、印税も支払われないのではないかと考えたとしても、無理からぬことだ。

1994年3月25日、朝日新聞に「文芸元年。歴史はここから始まる——」というコピーの全面広告を出し、五木寛之の『みみずくの散歩』、村上龍の『五分後の世界』、山田詠美の『120%ｃｏｏｏｌ』、吉本ばななの『マリカの永い夜／バリ夢日記』、篠山紀信の『少女革命』、北方謙三の『約束』——これはハードボイルドの小説なのだが、タイトルには北方さんと僕との〝約束〟の意味がこめられていた——の6冊を一挙に出版した。このときの広告料は、総額、1億円近かった。僕はこの6冊にすべてを賭けた。もしだめなら、僕は自己破産するしかなかった。

彼らのおかげで、僕は幻冬舎の礎を築くことができた。僕は6人に対する恩義を、生涯忘れることはないだろう。

このように苦労して出版社を始めたのも、とにかく編集の仕事が好きだからである。それ以上でも以下でもない。

角川書店の社員時代、僕は経費を好き放題使った。それでも足りない時は、自分の給料でまかなった。貯金はほとんどなかった。いい家に住みたいとか、すごい車に乗りたいとか、格の高いゴルフ倶楽部に入りたいとか、そんな気持ちは当時からなかった。

僕は、本当の意味で充実した人生を生きるためには、金儲けをしようという意識を持つべきではないと思う。仕事は人生にとって、大きな意味を持つ。仕事を選ぶさい、収入など、金銭を動機にしないほうがいい。結果が出れば、金は付いてくる。何と言っても、自分が好きなことを仕事にするべきだ。好きなことなら、苦痛を苦痛と感じない。惰性や退屈などが、入り込む余地もない。そのためにはどうすればいいか？

内なる声に耳を澄ますことではないだろうか。自分を一番知っているのは、自分である。その声は、肩書や収入にこだわっていたら、聞こえない。

しかし、ただ好きなことをやっていればいいというわけではない。好きだからこそハードルを、できる限り高くする。それを超えるために、圧倒的努力を傾ける。僕がそうするのは、結局自分の弱さに勝ちたいからだ。これが、どれほど大きな名誉や収入より、人生に充実感をもたらしてくれる。

そのハードルは、すぐには超えられないかもしれない。しかし、本当にその道が好きなら、諦めようとはしないだろう。

僕は自分のこれまでを振り返って、金は結果にすぎないと、つくづく思う。僕にとって、金銭欲を優先させることは、仕事の意欲を殺すことにほかならない。

第四章　「運」をつかむために必要なこと

身の程を知りすぎるな――林

人は、なぜ作家になりたいと思うのでしょう。

「文章を書くことが好きだから」

「自分を自分の言葉で表現してみたい」

「地味でもいいから、マイペースで仕事をしたい」……。

作家志望の人の多くは、こう言いますが、私は嘘だと思います。まるっきり嘘ではないかもしれませんが、本当の声は別にあるはず。

「有名になりたい」

「華やかな世界に入りたい」

「みんなからちやほやされたい」

本音は、こんなところではないでしょうか。私はそれで、構わないと思います。かくいう私も、そうでした。

動機が不純だと言う人もいるかもしれません。でも、その人も実際に成功し始め、地位や名誉が少しでも手に入ると、本当は自分がそれらをどれほど好きだったかに気付くでしょう。

これは、作家に限りません。あらゆる分野で、自ら何かを始める人は、当然、成功を願います。そのベースにあるのは、やはり野心ではないでしょうか。

野心というと、あまり聞こえがよくありません。クラーク博士の名言「Boys, be ambitious」は、普通「少年よ、大志を抱け」と訳されます。でも、ambitiousとは、本当は野心的という意味です。

自分が「もっと価値のある人間になりたい」と思うのは、とても健全なことだと思います。

私は野心を持つことは、それ自体一つの能力だと思うのです。これは私の持論です。

私が手に入れたさまざまなものは、野心からスタートしています。もし私に野心がなければ、何一つ獲得していないでしょう。

「分相応」「身の程を知る」と言ったりします。これを守って生きてゆけば、大きな間違いや失敗は起きないとされます。

でも、そんなことをしていると、何も得られないまま、生涯を終えることになるのではないでしょうか。

私は、それらの言葉とは、正反対の道を歩んできました。

少女の頃、私は女優になりたいと本気で思っていました。映画やテレビではなく、舞台に出る女優なら、ひょっとしたらなれるのではと考えたのです。

これは今思うと、無知のせいなのですが、舞台女優なら、美人でなくてもなれるかもしれないと思ったのです。私は声と体が大きいので、舞台映えするだろうと思いました。また、子供の頃からおままごとが大好きで、空想癖がありました。自分は天性の女優だと思い込み、家族には内緒で劇団四季の案内を取り寄せたりしました。

次は、歌手になりたいと思いました。私は声がきれいだとよく褒められていたので、絶対になれると自信を持っていました。

大学生の頃、私はある有名なオーディションを受けました。そこで私は、愕然《がくぜん》としました。ピアノの伴奏と私の歌がまったく合わないのです。私は、顔から火が出るほど恥ずかしかった。すごすごと帰るしかありませんでした。

結局私は、女優にも歌手にもなれませんでした。でも、なりたい気持ちを「身の程知らず」という言葉で、否定する気にはなれません。

「身の程知らず」は、若さの特権ではないでしょうか。「身の程」とは、「己《おのれ》」ということでしょう。若い頃は、誰も自分というものを、まるでわかっていません。わからないものを、知れるはずがないのです。

だからこそ、いろんな夢を持ちます。そこから可能性の芽が育ってゆくのです。

一方で、野心には注意するべき点もあります。野心は、がん細胞のように増殖し、心全体に広がってゆくということです。これは、長年野心と付き合ってきた私だから、言えることです。

野心を飼い馴らすためには、ある種の器が必要です。それがないと、自分が苦しむことになりかねません。

野心を持つことと同じくらい大事なのは、自分を冷静に見つめる能力。野心に取りつかれるのではなく、うまく付き合い、使えるようになればいい。

日本人は、野心を剝《む》き出しにすることを嫌います。「分相応」「身の程を知る」といった言葉も、そうした土壌から生まれたのでしょう。それは建て前にすぎません。建て前を鵜《う》呑《の》みにしてしまっては、損をするのは自分です。

人は常に上を目指していないと、充足感のある人生を送れないのではないでしょうか。「身の程」を知りすぎることは、この充足感を奪ってしまいます。

少しでもいいから、「身の程」の上を目指してみる。このことが、私は何より大事だと思います。そうすることで、選択肢が増え、人生が豊かになってゆきます。結果的に、目標には手が届かないこともあるでしょう。でも、その手前のものは獲得できるのです。初めから身の程を知り、野心を持たなければ、それさえも手に入らなかったでしょう。

「身の程」は知らないほうが、間違いなく得るものは大きいのです。

無知ほど強い力はない

——見城

林さんは、身の程は、むしろ知らないほうがいいと言う。これには僕も大賛成だ。今は何もかもが、世知辛すぎる。せせこましい小手先の知識に縛られると、何も始められない。

それならいっそ、何も知らないほうがいい。僕は、無知は力だと思う。

僕が幻冬舎を始めたことは、学生時代に果たせなかった革命の夢の続きでもある。20歳の僕は、学生運動の熱狂の真っただ中にいた。マルクスやレーニンの思想にのめり込み、学生運動の仲間と毎日夜を徹して議論をした。

人間として失格にならないように生きなければならない。そのためには革命を起こす必要があると、本気で信じていたのである。

読書会もよくやっていた。いずれも難解な外国の哲学書、思想書であったが、僕は小説のほうが好きだった。

その頃、僕の胸に突き刺さったのは、フランスの小説家、ポール・ニザンの言葉である。

彼の著書、『アデンアラビア』は、

「僕は20歳だった。それが人生でもっとも美しいときだなんて誰にも言わせない」

という一節で始まる。ニザンの言葉は、僕に決意を迫っていた。

社会は矛盾に満ちている。それに対して、20歳の若者は何をすべきか？

大学野球に打ち込んだり、陸上部で駅伝の練習に汗を流したりする青春は、美しいか？

世の中に不幸な人がいて、搾取や弾圧、貧困や差別などが当たり前のように存在する。それなのに、世の中は「青春は美しい」と悪魔のようにささやくのだ。そして若者は骨抜きになっていく。臭いものに蓋《ふた》をし、現実から目をそらす欺瞞《ぎまん》に満ちた大人になっていくのだ。

フランスの哲学者、シモーヌ・ヴェイユはその著書の中で、

「世界中に一人でも不幸な人がいる限り、私は幸福になれない」

と書いているが、当時の僕は、まさにそんな気持ちだった。

それほど僕は、学生運動にのめり込んでいた。だが、ある事件をきっかけに学生運動をやめ、この俗世間で生き抜くことを決めた。僕はこの世界に復讐するつもりで生きてきた。

しかし、当時も今も、僕は体制におもねる気は、まったくない。既成のものを倒し、新しいものを生み出す。そこに何より情熱を感じる。それ以外に、僕の興味はない。

毛沢東は、革命成功の3原則は「無名であること」、「貧しいこと」、「若いこと」だと言った。僕はこれに「無知であること」を加え、『革命の4原則』と呼んでいる。

この4つは、革命のみならず、何か事を成すときの絶対条件であると思う。

「無名であること」。起業するときは、当然、誰でも無名である。有名な人は、すでにそのことで満足しているため、大きなリスクを負ってまで、何かをしようとはしない。起業するとは、リスクを負うことだ。それは死さえ覚悟することでもある。

「貧しいこと」。これも当然だ。経済的に満たされていたら、起業などしない。

「若いこと」。人は年を取ると、気力も体力も衰え、現状維持を望むようになる。だから起業は、若くなければできない。それも、若ければ若いほどいい。

現状に満足していれば、人は何かを新しく始めようとは思わない。現状への不満が、爆発的なハングリー精神を生むのだ。

ただ、20代で起業するのは、早すぎると思う。あまりに世間を知らないからである。僕の友人、サイバーエージェントの藤田晋君は、20代半ばで起業し、成功したが、彼は例外的な天才である。独立するのは、やはり30を過ぎてからのほうがいい。

「無名」「貧しい」「若い」、この3つがあれば、起業の条件はそろっている。もし、欠けていれば、そのように自分を追い込めばいいのだ。

そしてあと一つ、「無知であること」も重要である。

僕が起業した時は、42歳だった。何かを始めるには、ギリギリの年齢だという焦りがあった。金はなかった。浪費しすぎていたのだ。名前は相当に売れていた。

角川春樹さんの事件がなかったら、僕は角川に残っていただろう。取締役編集部長だったし、「角川に見城あり」と業界では言われていた。しかし筋を通して、僕は決然と角川を辞めた。自分を追い込んだ。

そこで僕の背を押したのが、「無知であること」だ。この業界をよく理解し、計算を先立てていれば、起業などしなかっただろう。大学を卒業以来、僕は出版社に身を置きながら、編集しかしてこなかった。営業や印刷、資材、広告、経理などは、まったく知らない。

今考えれば、僕のやったことは、暗闇の中で100メートル先にある針の穴に糸を通すようなことである。これは自慢ではなく、素直に思うことだ。もう一度同じことをやれと言われても、絶対に無理である。それぐらい圧倒的努力をした。

「無知であること」は大事だ。それは業界の常識にとらわれないことである。だからこそ、不可能を可能にするのだ。

何か新しいことを始めようとする時、研究するばかりが能ではない。無知は、それ自体素晴らしい力になるのだ。

運は
コントロールできる
——林

これから私は、人生における大きな真実を、はっきり言おうと思います。

私は、運命の正体を知っています。それは意志なのです。このことは、私が身をもって体験したので、嘘はみじんも含まれていません。

成功した人は、めったに本当のことを言いません。

「まわりの人に恵まれていて、本当に運がよかったんです」

「たまたまチャンスがめぐってきただけです」

本当は、実力だと思っていても、そう言うと妬みを買うことになるからです。

その人はチャンスに、間違いなく自分から近づいて行ったはず。それが運や運命と言われるものの正体ではないでしょうか。

運は、自分からつかみに行こうとすれば、必ずつかめます。すぐには、つかめないかもしれません。でも、先ほど言ったように、運はどこまでも意志なのです。その意志を持ちつづけ、何度もつかみに行こうとすれば、いつか手中にできます。

逆に考えると、これはとてもこわいことです。つかみに行こうとしなければ、運は通り過ぎてしまうからです。その意志を失えば、幸運は永遠にめぐって来ないでしょう。

今の境遇が、不本意だとします。いつまでたっても、望むような変化が起きないとしましょう。でも、実は、その境遇は、自分が作り出しているのではないでしょうか。

本当はこうなりたい、今の状態は不本意だと言っているとしたら、実は口で言うほど変化を望んでいなかったということだと思います。

時間はおそろしい速さで過ぎてゆきます。何もしなければ、何も起きません。それを嘆いているようで、実際は何もない平和な日常に、満足しているのではないでしょうか。

私は、運命を変えるのには、ある種の身勝手さが必要だと思います。会う人すべてを大切にし、まわりの人に心を砕《くだ》いているだけでは、何も変わりません。今まわりにあるものを、捨てることも必要なのではないでしょうか。

自分本位であることは、時として、高く飛ぶためのバネの役割を果たしてくれます。自分本位にならなければ、これからもずっと、今の状態のままで生きてゆくことになります。

まじめにじっと待っていれば、いつか必ず幸運がめぐってくるなどというのは、おとぎ話にすぎません。現実ではありえないことを、私はよく知っています。

おとぎ話から現実の世界に飛び出すこと。これが意志の力で運をつかむことだと思います。

私は、運とは意志のことだと言いました。それは自分でコントロールできるということでもあります。

私はよく、運の強い女だと言われます。確かに、私は、運とは意志のことだという信念により、願うものを手にしてきました。

だからといって、年中ずっとツキっぱなしというわけではありません。不運な時もあれば、死んでしまいたいと思う時もあります。そんなことは数知れません。

落ち込んだ時、気晴らしに買い物をする人もいれば、おいしいものを食べる人もいるでしょう。私はそうしません。以前はよく占いに行きました。

占いは、心のエステだと思います。ツイていなくて落ち込んでいる時、あなたは不運です、手の施しようがありませんなどと言う占い師はいません。

今はあまりよくありませんが、夏頃には運気が上昇しますなどと言ってくれます。その途端、私の心は明るい未来に向き、パッと晴れやかになるのです。

運気は、やはりあるものだ、今が一番悪いと思えると、もうこれ以上悪いことはないと考えるようになります。心とは、本当に不思議なものです。そう思うと、実際に、いいことが起こり始めるのです。

ポジティブ思考の友達を何人か持っておくのもいいと思います。私が後ろ向きなことを言うと、「何言ってんのよ」と、明るく叱り飛ばしてくれます。すると、心にかかっていた靄《もや》がたちまち消え失せます。

自信を失いかけた時は、私を評価してくれている人のところへ出向き、話したりもします。その人は、当然、私をほめてくれます。すると、すぐに失いかけていた自信が戻ってきます。

このように占ってもらったり、ポジティブな友達に励ましてもらったりすることもまた、自分で運をコントロールすることだと思います。運とは意志だと私は言いましたが、もう少し正確に言うと、幸運は、強い意志を持つ人にめぐってくるということです。

運と意志は、相乗効果を起こします。強い意志を持つ人のところに幸運は、やってきます。するとその人は、ますます強い意志を持つことになるのです。

逆に、運はいったん離れると、どんどん遠のいてしまう。意志が弱くなり、不運からずっと脱け出せなくなります。

私の場合、大学卒業後、就職できずにアパート暮らしをして、やっと就職してもいじめられたりした5年間が、まさにそれに当たります。

しかし、運は去って行っても、どこかに足跡を残してくれています。私は、これはおかしい、以前は運がよかったのに、こんなはずはないと思いました。この意志が、再び私に幸運をもたらしてくれたにちがいありません。

負けを、簡単に認めるな

――見城

「運とは意志のことだ」という林さんの言葉は、実に力強い名言だ。僕も林さんと同様、運が強いとよく言われる。そういう人は、僕の出した結果を、すべて運だと言いたいのだろうか。そんなことはありえない。

いい結果に導くのは、どこまでも努力である。努力とは、意志の持続のことだ。多くの人は、簡単に諦めすぎだと僕は思う。

失敗は自分が認めたとき、初めて失敗になる。まだだと思っていれば、失敗ではない。10万円を持って競馬場に行き、１００円が残っていたら、まだ負けではない。その１００円が、50万円になるかもしれない。そこに意識を向けるべきなのだ。

要は、すべてプロセスと考えればいいということである。多くの人は、７万円ぐらい負けると、「今日はダメだ」と考える。途中なのに、もう結果が出たと諦める。それは自ら負けを確定してしまうことだ。

競馬は12レースで終わる。しかし、人生は長い。事業などもそうだ。事業に終わりはない。不渡りを出すなど、決定的なことが起きるまで、続けることができるのだ。そう考えられないようでは、起業するべきではない。どんなに辛くても、最後までやり抜かなければならない。

幻冬舎を始めた当初は、僕も随分意地悪をされた。他社からの圧力で、取次会社に行っても相手にしてもらえなかったり、耐えられないほどひどいネガティブ・キャンペーンを張られたりもした。

しかし、どんな困難も歯を食いしばって突破してきた。それは命を賭ける覚悟があったからできたのだ。困難を乗り切れば、必ず黄金の果実を手に入れることができる。

僕が会社を始めた時、出版界はすでに斜陽だった。死んでもいいと思うくらいの覚悟がなければ、始められなかったのだ。

出版界が下り坂であることを、僕は逆手に取ろうと考えた。起業のときだけでなく、上場のときもそうである。文庫や新書、雑誌「ゲーテ」「ジンジャー」の創刊のときもそうだ。逆風だからこそ、圧倒的努力をして結果を出せば、鮮やかに見えるのだ。

幻冬舎メディアコンサルティングという子会社がある。ものすごい勢いで成長している。出版不況の中で、出版に軸足を置いたコンサルティング会社を立ち上げた。広告会社と言ってもいい。出版の新しい価値創造を目指してオンリー・ワンの会社を作ったつもりだったが、最初は苦戦した。しかし、ブレずに諦めないで続けて来た。今や幻冬舎より大きな利益を出そうとしている。

難しくなければ、得るものは少ない。簡単なことは、小さな結果しか生まない。難しいからこそ、実る果実も大きいのである。起業するとは、この大きな果実を求めることなのだ。

若くして成功した起業家はたくさんいる。ａｖｅｘの松浦勝人、ＧＭＯインターネットの熊谷正寿、サイバーエージェントの藤田晋、楽天の三木谷浩史、グリーの田中良和、牛角創業者の西山知義、ＤＤホールディングスの松村厚久、ネクシィーズの近藤太香巳《たかみ》、マッシュホールディングスの近藤広幸、ＳＹホールディングスの杉本宏之、スタートトゥデイの前澤友作……。若者は彼らを見て、「起業家って、華やかでかっこいいな」と思うだろう。世の中は成功者であふれているように見えるかもしれない。しかし、彼らは、起業家のうちのほんの一握りにすぎない。99パーセント以上の人たちは、失敗して消えていったのだ。消えた人は舞台にはいず、語られることはない。今、眼に映っているのは、奇跡的に勝ち残った人だけである。起業する時は、まずそれを胸に刻まなければならない。彼らは、なぜ勝ち残ることができたのか？それは彼らに覚悟があったからである。しかし、覚悟を持っていても、失敗した人はたくさんいただろう。

さらに必要なのは、圧倒的努力である。並大抵の努力ではだめだ。余人《よじん》が足元にも及ばない、すさまじい努力が不可欠である。

最後に欠かせないのは、運である。運に恵まれないと、成功はできない。しかし、運とは、単なる偶然ではない。圧倒的努力をした人しか、運はつかめない。運と努力は、複雑かつ密接に絡《から》み合っているのだ。

運だけで成功した人など、この世に一人もいない。運は誰にも平等にめぐってくる。しかし、努力していないと、つかむことができない。それどころか、運を運と感じることもできない。幸運の女神は微笑みかけず、そしらぬ顔で通り過ぎてゆくだろう。

僕はよく、「これほどの努力を人は運と言う」と言っているが、これには複雑な思いもある。正直に言って、運もある。しかし同時に、ものすごい努力をしたからこそ、運を見きわめ、つかむことができたのだと思う。

先ほども言ったように、世間には、見城は運がよかったと思う人が多い。それに関して僕は悔しさより、むしろ安堵を覚える。そう思ってくれる限り、まだ勝てると思うからだ。

「もう一度、起業してみろ」と言われれば、僕はできない。幻冬舎がここまで来られたのには、数々の幸運が重なったことは否定できない。

しかし、それらの幸運は、僕の努力が生み出したという自負がある。圧倒的努力は必ず実を結ぶ。それは20年後、30年後かもしれないが、必ず報われる。

その時は無駄に思えるかもしれない。しかし、無駄な努力など一つとしてないのだ。

会社の辞め時を見極める ——林

20代の頃、私は3度会社を辞めています。

最初の会社を辞める時、私は本で読んだある言葉を、呪文のように心の中で繰り返していました。

「人間は、本当に怒っていい時がある。それは自分の存在を否定された時だ」

これは、今考えると、自分を正当化するための言い訳だった気がします。

当時の私は、仕事に対してやりがいも責任も感じていなかったからです。存在を否定されたという前に、その存在さえなかったかもしれません。

簡単に言うと、「つまらないから——」これがすべてでした。

もっと自分に合った仕事があるのではないか。仕事を変えると、素敵な人生が待っているのではと、若い女性なら誰もが考えることを、私も考えていました。

私は養成講座に通ったのち、広告会社に入り、コピーライターになります。

そもそもコピーライターになったのは、カタカナ職業への憧れがあったことと、1〜2行の文章を書けばいいのだから、楽そうだと考えたためです。

でも、その会社に入った途端、私は自分の甘さを思い知らされました。

前の会社では、私が学校を出たばかりということで、お客さん扱いされていたのですが、その会社では違いました。いきなり、すべての面で、私にプロであることを要求してきたのです。

「うちはお前に勉強させてやりながら、給料も払っているんだ。ありがたく思え」

私は失敗するたび、上司や先輩にこう言われ、何度も泣きました。実際そうですから、うなずくしかありません。

私は、プロとは自分の仕事に誇りを持つことだなどと、きれいごとを言うつもりはありません。誇りを無理に持つ必要はないと思います。それはある程度仕事ができるようになれば、後から付いてくるでしょう。

ただ、いただくお金の分はきちんと働く。それは最低限、必要なことだと思います。

私は叱られまいと絶えずおどおどし、他人の顔色ばかりうかがうようになりました。いつか私は、中学時代のいじめられっ子に戻っていたのです。

ある時、こんなことがありました。一人の男性が、今晩自分の家で、ビールパーティーをしようと言い出したのです。

みんな賛成し、にぎやかにいろんな提案をします。その男性は、電話をかけ、取引先の女性まで誘いました。

「何人来るかって？　えーっと」

男性は受話器を耳に当てたまま、一人、二人と、まわりを指さし、数えます。でも、その指は、私を飛び越えてゆきました。私は胸が張り裂けそうになりました。

それから私は、次の働き先を探し始めたのです。

辞める意向を話すと、社長はこう言いました。

「僕は君のことをずっと見てたけど、よく働くいい子だったよ。あいつらは、新人の気持ちがわからないからなあ。君のような人を見ていると、自分が新人の頃を思い出して、みじめな気持ちになるから、辛く当たったんじゃないかな」

私はまた、涙をぽろっとこぼしてしまいました。

職場になじめない、周囲から好かれないということは、やはりあるでしょう。昔、そのような理由で会社を辞める相談を受けた時、私は自分の経験から、あまり引き止めませんでした。私の目から見て、相談者はとくに問題のない、普通の人でした。それでも好かれないことは、あるのです。そんな時は、好かれる努力をするより、自分を受け入れてくれる新たな場所を探すほうがいいのではないでしょうか。

私は、相談者にこう言いました。

「辞めちゃえばいいよ。それだけ繊細な気持ちを持っていれば、次はうまくいくよ。私がそうだったもの」

次に入った会社では、我ながらよくやっていたと思います。私の手掛けた仕事はかなりの評価を得たし、スポンサーの方から「ぜひ林さんにお願いしたい」と頼まれることも多くなりました。

私の仕事に対する自信は、確実に付きつつありました。

一方で、困ったことが起きました。それは仕事ができるようになるのと反比例するように、上司や先輩の質が低くなったのです。実際は、そうではありません。人は自分のレベルで、他人を見るものです。前の会社では、まわりからお前は無知だ、怠け者だと言われ続けたのに、その会社では、逆に自分が周囲に対してそう感じました。

それだけ、自分がスキルアップしたということなのでしょう。

未熟な人を熟練した人が支えるのは、当然です。でも、それ以上に、自信を持って仕事ができる人間こそ、まわりがそれを認め、支えなければなりません。そうしなければ、会社として損ですし、その人も、それ以上伸びないでしょう。

　ある程度自信ができた時、まわりが頼りなく思えたら、それもまた、会社の辞め時なのだと思います。

人生の正念場には、覚悟を決めて立ち向かえ
——見城

林さんと同じく、僕も何度か会社を辞めている。とりわけ角川書店を退社し、幻冬舎を立ち上げたことは、僕にとって人生の大勝負になった。その時僕は、42歳。大学卒業後、ずっとサラリーマンだった僕が独立し、一国一城の主となる時が来たのだ。

1993年夏、角川春樹さんがコカイン密輸疑惑で逮捕された。それはまさに青天の霹靂《へきれき》だった。何かの間違いであってほしい。過熱する報道を見ながら、僕は頭を抱えていた。

春樹さん逮捕の報を受け、社内は大混乱に陥っていた。緊急取締役会の結果、春樹さんの退任要求をすることになった。何の実績もない、歳だけ取っている人がとりあえず社長になることも決まった。

僕は絶望していた。

僕が角川の社員になれたのも、春樹さんが認めてくれたからだし、以来ずっと引き

立ててくれ、若くして取締役になれたのも、春樹さんのおかげである。

春樹さんが好きだから、僕は頑張れていた。もちろん仕事をするのは、自分のためである。その仕事が好きで、面白いから寝ずに努力できた。結果を出す爽快感もあった。

しかし、とどのつまりは、春樹さんの喜ぶ顔が見たいから、頑張れていたのだ。

春樹さんのいない角川書店に、僕がとどまる理由はない。

僕は会社に辞表を提出した。春樹さんが獄中から辞任届を出した、2〜3日後だった。当時取締役は13〜14人いたが、辞めたのは僕だけである。

将来の具体的な計画はなかったが、どこか別の出版社に移って、編集の仕事を続けるつもりだった。離婚して独身だったので、養う家族もいない。自分一人の食い扶持《ぶち》くらい、どうにかなるだろうという気持ちもあった。実際、いくつかの出版社から誘いもあった。

それから間もなく、僕の部下二十数名が、「見城さんに付いていきたい。一緒に辞めたい」と言ってきてくれた。

今考えると、本当にありがたいことだと思う。しかし、僕は大きな責任を感じ、困惑した。

「俺一人なら何とでもなるけれど、こんな大人数、どうすればいいんだ……」

当時の僕は、出版社を作ろうなどと夢にも思っていなかった。どこかの出版社に、僕と部下たち全員で移ろうと考えた。

しかし、どこに聞いても、「20人なんて多すぎます。せいぜい見城さんを入れて2〜3人。それ以上は無理です」と言う。

このままでは僕を頼りにしてくれた部下を、路頭に迷わせることになる。しかし、あらゆるツテをたどっても、受け入れてくれる出版社はなかった。

何日も眠れない夜を過ごした。僕の前には、わずかな光もない真っ暗な未来が横たわっていた。

ある明け方、僕はふと、以前から気になっていた短歌を思い出した。

「かくすれば　かくなるものと　知りながら　やむにやまれぬ　大和魂」

これは浦賀での密航失敗後、下田から江戸へ護送中、高輪の泉岳寺《せんがくじ》の前を通り過ぎたとき、吉田松陰が詠《よ》んだ歌である。泉岳寺には、忠臣蔵の赤穂浪士47名が眠っている。松陰は浪士たちの生涯に、わが身を重ねあわせたのだ。

赤穂浪士たちは、仇討《あだう》ちをすれば切腹になることを承知で、大義を選んだ。松蔭も捕まったら死罪は免れないとわかっていながら、日本のために密航を企てた。どうしても、やらざるをえなかったのだ。

男には、命をかけて決断しなければならない時がある。僕にとって、それは今なのだ。すると、悩ましさが嘘のように消え、清々しい気持ちになった。

「よし、新しい出版社を作ってやろう。俺が全責任を負うのだ。そうすれば、部下の面倒も見ることができる」

僕は覚悟を決めた。

今振り返ると、あの時腹をくくったから、幻冬舎を続けてこられたのだと思う。もし、わずかでもあやふやな気持ちがあれば、必ず失敗していただろう。体を張り、命を賭ける覚悟ができるか。これが仕事や人生を決定づけるのだと、つくづく思う。

思えば、僕は、社会人になってから独立するまで、自分の足で立ったことはなかった。会社ではなく、見城という看板で仕事をしているという自負を、僕は持っていたが、辞めてみて、やはりどこかで会社に寄りかかっていたことを、思い知った。

そのような甘えを断ち切り、命を捨てる気持ちを持つことが、覚悟を決めるということなのだ。

覚悟を決めれば、もう余計なことを考える必要はない。その時、びくともしなかった未来の扉が、ゆっくりと開き始める。

ここ一番の勝負時は、恥を捨てる

——林

見城さんが角川書店を辞め、幻冬舎を立ち上げた時、私はお祝いに、照明と椅子を贈りました。もう捨ててしまっただろうと思っていたのですが、今でもお使いになっているとのこと。とてもうれしく思いました。

そのとき見城さんには、当然、大変な覚悟があったと思います。

私は、コピーライターから物書きになる時、なかなか覚悟ができませんでした。

当時私は、フリーのコピーライターとして、そこそこ成功していました。アパートの貧乏生活とは手を切り、東麻布の結構素敵なマンションに住んでいました。年収は1000万円ほど。まだ20代だったので、かなりの額だと思います。

でも、糸井重里さんや仲畑貴志さんといった超一流の人たちの仕事ぶりを見ていると、自分には、それほどの才能がないことに気付き始めました。実際、彼らがメインにしていた大企業の仕事は、私には回ってくることはありません。

その頃私は、フリーライターの仕事もしていて、その縁で主婦の友社の編集者、松川邦生さんと知り合いました。松川さんは、私の文章を面白いとほめてくださり、「今までにない女性の本音をエッセイにして、本を作りましょう」と、私の本の企画を通してくれたのです（その後松川さんは、渡辺和博さんの大ベストセラー『金魂巻』などを担当され、数年前に急逝されました）。

私にとって、こんなありがたいことはありません。私はコピーライターとしては、ちょっと名が知られていましたが、それは狭い広告業界でのことです。これは、願ってもないこと物書きとして、世に出るチャンスがめぐってきたのです。これは、願ってもないことでした。

ところが私は、常識的に考えると、理解できないことをしました。それから1年間、原稿を書こうとしなかったのです。

毎日私は、自分の本がベストセラーになり、有名人になった時のことを妄想ばかりしていました。妄想ほど楽しいものはありません。都合よく、どのようにも思い描くことができます。それに、決して傷つくことはありません。

妄想に比べると、現実は冷酷です。

いざ書こうとしたら、書けないのではないか。書けたとしても、面白くないのではないか。そう考えただけで、楽しい妄想はさっと消えてしまいます。私は、現実に向き合うのが怖かったのです。

そのうち、松川さんから催促の電話がかかってきました。それが頻繁になり、電話に出ずにいると、今度はサラ金の取り立てのように電報で催促が来ます。

私はようやく逃げることをやめ、原稿を書き始めました。

書き始めると、私の中で何かが燃えはじめました。もう形振《なりふ》りなど構っていられません。これまで女性が決して書かなかったセックスや排泄物のことなど、下品と言われても仕方ないことも書きました。

この時私は、悪魔に魂を売り渡してもいいと思いました。普通のことを書いて、世に出られるはずがないからです。

こうして私は、処女作『ルンルンを買っておうちに帰ろう』を書き上げました。腹をくって書いた甲斐があり、単行本だけで30万部のベストセラーになりました。文庫を入れると100万を軽く超えます。

人生に勝負時というのは、やはりあるのだと思います。そこでは持てるものすべてを投じて、立ち向かわなければなりません。

エネルギーを出し切るだけではありません。恥や世間体もなげうつ必要があります。そうして初めて、勝利は見えてくるのではないでしょうか。

原稿を書くとき、私は何日か、自腹でお茶の水にある山の上ホテルに滞在しました。一流作家をまねて、自分を缶詰にしたのです。

ある午後、界隈を散歩していると、道端にむくげの白い花が、たくさん咲いているのが目に留まりました。

私は花に見とれながら、ふとこう思いました。

「私は、この花の美しさをずっと覚えているにちがいない。数年後に私は、すっかり有名人になり、その時、この花と一緒に、出世作『ルンルン』を書いていたことを懐かしく思いだすだろう」

それは現実になりました。

でも、当初、『ルンルン』が爆発的に売れていると聞いても、私には自分が有名になった実感はありませんでした。それを感じたのは、国立の書店で開いた初めてのサイン会です。

私が会場につくと、すでに若い女性ばかり、何十人も並んでいます。

サイン会が始まり、私は本にサインした後、握手を求められます。私は恥ずかしさと困惑でいっぱいになりながら、おずおずと求めに応じました。

中に、髪の長い少女がいました。その少女は私と握手したとたん、喜びと興奮で、見る見る顔を赤く染めたのです。

こんなことは、生まれて初めてでした。その時私は、自分の手に負えないところで、何かが起きているのをはっきりと感じたのです。

本当の覚悟は、誰かの一押しで決まる

――見城

林さんは、主婦の友社の故松川氏の勧めによって、『ルンルンを買っておうちに帰ろう』を書き、世に出た。当時、松川氏と僕は、ライバル関係にあった。松川氏には、自分が林さんを発掘したという自負がある。一方僕には、林さんに小説家としての才能を見出した自負があった。林さんをめぐる、三角関係と言っていい。

林さんは松川氏の後押しによって腹を決め、『ルンルン』を書いた。

覚悟を決めるのには、誰かの一押しが必要なことがある。

幻冬舎を立ち上げるさい、僕の背中を押してくれたのは、五木寛之さんだ。

当時、それまでの20年間で、新しくできた出版社がうまくいった例はなかった。

出版界には、独自の仕組みや商習慣がある。その最たるものが、「取次会社」の存在だ。書籍や雑誌は基本的に、取次会社を通さなければ書店には置けない。しかし、出版社が新しく取次会社との口座を開くのは、非常にハードルが高い。そのため出版

の新規参入は不可能に近いのだ。

出版社ではなく、編集プロダクション（編プロ）を作るという手もあった。出版界では、出版社の下請けとして編プロが製作した本はたくさんある。

しかし、僕は自分たちで営業できない本を作りたくなかった。どんなに苦労しても、取次会社と契約し、講談社や新潮社、集英社などと肩を並べる出版社にすると心に決めていた。

周囲の人はみな、「絶対無理だ。できるわけがない」と言った。百人が百人、失敗すると合唱した。しかし、僕の決意は固かった。

僕は会社を移ることを諦め、新しく出版社を作ることを部下たちに伝えた。

「厳しい道のりになると思う。角川に残るか、俺と一から出版社を作るか、みんなよく考えて決めてほしい」

新しい会社を作るといっても、社員は簡単に辞められない。辞表を出し、会社が受理して辞令を出さない限り、会社を辞めることはできない。

期限が迫ってくると、みんなの心は揺れ始めた。新しい出版社がうまくいった例はないのだから、不安になるのは当たり前である。失敗すれば、路頭に迷うことになるかもしれない。結局、半分以上の部下が僕の下を去っていった。

この時僕は、人間というものを見た気がした。究極の選択を迫られた時、人はなかなか覚悟を決められない。覚悟を決めたつもりでも、ギリギリになってぶれ始めたりする。

覚悟を決めるとは、思うよりはるかに大変なことなのだ。

最終的に5人が残り、僕を含めた6人で新しい会社を立ち上げることが決まった。

その報告と、今までお世話になったお礼を言うため、僕は五木寛之さんの元に伺った。

僕はきっと「そんな無茶なことはやめたほうがいい」と言われるだろうと思っていた。

しかし、五木さんは僕の話を聞いた後、

「君なら、もしかしたらうまくいくかもしれない」と大きくうなずいてくれた。

「がんばりなさいよ」と強い口調で言われ、僕は思わず涙ぐんだ。部下の手前、強がってはいたものの、やはりやめたほうがいいかもしれない、自分のやろうとしていることは自殺行為ではないかという思いが、どこかにあった。

五木さんは、「会社の名前は僕が付けましょう」と言ってくれた。

「ありがとうございます」と頭を下げながら、心にかかっていた靄が、すっと晴れていくような気がした。五木さんにそこまで考えてもらえるのだから、もう引き返すことはできない。退路が断たれたことで、逆に清々しい気持ちになった。

五木さんが提案したのは、「幻冬舎」「幻城社」「幻洋社」の3つだった。

メモには、「この3つから好きなものを選んでください。僕は『幻冬舎』が一番いいと思う」と添えられていた。天下の五木さんがそう言うのだから、流れに身を任せよう。そう思い、僕は迷わず「幻冬舎」を選択した。

1993年11月12日、『幻冬舎』起業の日、四谷2丁目の雑居ビルの一室には、僕と5人の仲間が集まっていた。

オフィスのドアに、『幻冬舎』と印刷された真新しい看板を取り付ける。起業という華やかな言葉とは裏腹に、誰の顔も暗く、悲愴感に満ちていた。

実は、僕は今でも『幻冬舎』という名前の由来を知らない。五木さんに聞きそびれたままである。しかし、それで構わないと思っている。

最初に見たときは、何だか地味な名だな、詩や短歌を出す小さな出版社みたいだと思った。しかし、僕は脇が甘く、お調子者である。その欠点を、落ち着きあるしっとりした名前が補ってくれる気がした。

五木さんは、古代中国の思想に非常に詳しい方である。中国の五行説では、春夏秋冬の季節それぞれに色を当てはめ、「青春」「朱夏」「白秋」「玄冬《げんとう》」という。「玄」は「黒い」という意味だ。

暗い冬の後には、光に満ちた春が来る。春を迎えるため、冬の寒さにしっかりと耐えろ。厳しい冬を幻にして、花を咲かせよという意味で、五木さんは『幻冬舎』にしたのではないかと僕は思っている。

そのような苦労を共にする仲間の集《つど》いだから、会社の「社」ではなく、校舎の「舎」。

これから僕は、吹雪の荒れる荒野を、仲間を率いて歩んでゆくのだ。そう気持ちを引き締めた。

「自分は何者でもない」という考えを持つ――林

私は母の影響を強く受けています。

私は、両親が40歳の時の子供です。若い頃できた子供より、齢がいってからの子供のほうが、親の影響を大きく受けるかもしれません。若い頃より、考え方が確立されているからです。

母は大正生まれで、旧制の高等女学校から東京の女子専門学校（現代の女子大）を出て、戦前の女学校で教師をしていました。昔の教養と美意識をしっかりと持っています。私の作家としての素養は、彼女から授かったと思います。

母はもともと文学少女で、のちに東京の出版社に勤めていたこともあり、物書きや作家になりたいと考えていたようです。だから、私が作家になったのは、彼女の意志を受け継いだようなところがあると思います。

私のデビュー作『ルンルンを買っておうちに帰ろう』が出たとき、かなり際どいことも書いたので、心配しながら母に尋ねたところ、「私は、あなたが物書きになったことが何よりうれしい」と言ってくれました。

でも、彼女が与えてくれたものの中で、私が一番ありがたいと思っているのは、私が何者でもないことを、教えてくれたことです。

私が高校を卒業し、東京の大学に進む時、母はこう言いました。

「一つだけ言っておくけれど、あんたは何も持っていない人間だよ」

若い頃、私は努力するのが、大嫌いでした。何事も長続きしない。向上心も根性もない人間でした。当時母は私によく言ったものです。

「あんたは刹那《せつな》的なところが、ほんと、お父さんにそっくりねえ」

母は父と結婚して、戦時中中国に渡りました。父は現地で召集され、その後長い間、行方不明になりました。帰ってきたのは、昭和28年。私が生まれたのは、昭和29年で、その時母は40歳くらいです。父がいない間、母は生活のため、小さな書店をはじめました。

「今までしつけもしてないし、ろくな教育も受けさせてあげられなかった。これから全部自分で学びなさい」

「あんたは何一つ身につけていない。世間に出たら、すごく恥をかくのよ。こういう家で育ったことはかわいそうだった。大きなハンディを背負わせちゃった」

一度、こんなことがありました。

私が大学を卒業し、就職先がなかったとき、母の昔の友達で、会社をやっている人が、「おたくのお嬢さんなら、うちにいらしてもいいですよ」と、言ってくれたそうです。

でも、母は、せっかくのお誘いを断りました。

「みんな、私の娘だから、私に似ていると思っているのよ。私は努力家で、たいていのことならこなしてしまう。誰にでも重宝がられ、大切にされた。だけど、あんたは、どうひいき目に見ても私に似ていない。私は友達をなくしたくないから、あんたは自分で働き口をみつけてくれ」

私も、引き下がってはいません。

「お母さんは、ひどいことを言う。でも、私は、自分では結構いい線を行っていると思う。性格も悪くないし、勉強をしないだけで頭も本当はいいはずだもの。私は、いつか必ずチャンスをつかんでみせる」

でも、母の言っていたことは、やはり正しかったことがわかりました。私は社会に出て、かなりの辛酸をなめることになったからです。大学を出た後は、親からの仕送りはなく、仕事はアルバイトで、貧乏な暮らしを送りました。

そのような生活を送りながら、私の耳に母のこの言葉が、繰り返し聞こえていました。

「あんたは何も持っていない人間だよ」

当初は何てひどいことを言うのだろうと思いましたが、後々それが心の支えになっています。

自分は何者でもないと思えば、絶望することも、世を恨むこともありません。思い通りにいかなくても、投げ出してはいけないと、戒めてくれます。その言葉は幼い頃から見てきた、小さな店を切り回す母の姿と一つになっています。

母は私を決して甘やかしませんでした。だからこそ苦しい時代を耐え抜き、作家になるチャンスをつかめたのだと思います。

そんな私から見ると、今風の「友達のような親子」は、とても気持ち悪い。厳しさもなく、楽しいことだけを共有する関係では、まったく堪《こら》え性《しょう》のない子供になってしまうのではないでしょうか。人生は山あり谷ありです。決して楽しいことばかりではありません。友達のような関係で育った子供が、苦境に立たされた時、一体どうなるのだろうと、人事《ひとごと》ながら心配になります。

それに関連することですが、私は当初から「ゆとり教育」に反対でした。結局は、一番憶えの悪い生徒に合わせて、みんなでゆっくり行こうということではないでしょうか。悪しき平等主義というほかありません。「ゆとり教育」とは、個性は余裕の中から生まれるという考え方だと思いますが、私はまったく逆だと思います。個性は厳しさの中からはみ出そうとして生まれるものだと思います。甘やかしの中からは生まれません。

母に教えられた「私は何者でもない」という考えを、私は今も持ち続けています。そのほうが傲慢にならず、物書きとしてのフットワークは、間違いなく軽くなるからです。

仕事は辛くて当然と思え

――見城

林さんの言う「自分は何者でもない」という謙虚さを持つことは、生きてゆく上で大事だと思う。

しかし、言うは易《やす》し、行うは難《かた》しである。実際それは、思いのほか難しい。人間は少し事がうまく運ぶと、すぐに増長するからだ。

仕事で、あるプロジェクトが大きな成功を収めたとしよう。それは予想を上回るものだ。

仕掛けた本人は、当然気分がいい。この成功は自分の実力がもたらしたものと考え、次また大きな成功を狙おうとする。

これは自戒も込めて言うのだが、こんな時、成功することはまずない。自分の力を過大評価してしまうからだ。この驕《おご》りが、失敗を招き、それが大きいと、坂を転げ落ちてゆくことにもなりかねない。

僕には、起業家の友人が多いが、大勝ちの後、自己評価の誤りから大失敗し、いつしか舞台から消えていった人を何人も見てきた。

ギャンブルと同じで、プロジェクトは、すべて成功するということはありえない。成功よりも失敗が多い。その失敗をできるだけ少なくしたり、規模を小さくしたりすることが肝心だ。

勝って兜《かぶと》の緒を締めよとは、よく言ったものだ。成功した時こそ、気を引き締めなければならない。

むしろ成功の中には、失敗の元が潜んでいるものだ。

成功するとうれしいのは当然だが、決して有頂天になったり、調子に乗ったりしてはいけない。

成功した時、意識して冷静になることを心がける。そして、成功したことを、次の日には忘れるぐらいの潔さがないと、長期間安定を維持することは難しい。

成功には、人を狂わせる魔力がある。我が身を振り返っても、周りの人間を見ても、つくづくそう思う。

人は成功すると、増長する。自分がスーパーマンであるような気になり、何でも手に入れようとする。他の事業での成功、地位、権力、金……。「あれもほしい、これもほしい」ということになる。自制心を失い、手当たり次第にお菓子やおもちゃをほしがる子供に退行してしまうものだ。

恋愛もそうだ。人は事業で成功すると、愛人の一人も持ちたくなるだろう。成功者に寄り添う女性を見ると、「金になびいたのだ」と悪態をつく人がいるが、僕はそうではないと思う。

成功者には、必ず人間的な魅力がある。ビジネス社会は、どこまでも対人間の世界だ。人を惹きつける力がなければ、成功はできない。その器量に、女性も惹かれるのである。どんな男性に魅力を感じるかというアンケートを女性に取ると、必ず「仕事ができる男性」が上位を占めるのは、そういうことだろう。

しかし、愛人を持つことは、人より一つ余計なものを持つことにはちがいない。必ずどこかにしわ寄せは来る。それを自覚していれば、代償は最小限で済む。

また、成功に寄りかかることは、驕りというだけではない。一種の怠慢でもある。うまくいったからと言って、同じことを二度やれば、成功の規模が小さくなるのは当然だ。繰り返せば、さらに小さくなってゆく。

時代の空気は、日々変わってゆく。この世に変わらないものなど、一つもないのだ。同じ手法を用いれば、変化する時代の空気に対応できなくなってしまう。今日の勝者が、明日の敗者であることを、身をもって知ることになる。

　本を作る人間として言わせてもらうと、ベストセラーが出たとして、続編を出すのは仕方ない。柳の下のドジョウは、間違いなくいる。しかし、3匹目のドジョウはいない。ベストセラーになったとしても、第2作で打ち止めにするべきだ。さらなる続編を作ることは、自ら深みにはまってゆくようなものだ。

　編集者にとって、ベストセラーの続編を作るほど楽なことはない。作り方は心得ているし、確実な売り上げも期待できる。しかし、そこには落とし穴が潜んでいる。

　人間は、どうしても楽をしたがるものだ。僕は、怠惰は、人間の本性の一つだと思う。せっかく得た成功を捨て、新たな成功に向けて力を開発するのは、面倒だし、大変だ。しかし、それを怠った時、腐敗が始まり、ほどなく死の淵が見えてくる。

　成功は通過点にすぎない。心底、そう思える人間こそ、美しい。また実際、成長が止むこともないだろう。

　腐敗は普段からチェックできる。

　仕事が、滞《とどこお》りなくすらすらと進んでいるとしよう。たいていの人は、安心するだろう。しかし、僕は、かえって不安になる。そのスムーズさこそ、危険の兆候にほかならない。スムーズに進んでいるとは、自分が楽をしているということだ。

そんな時、僕はより辛いほうへ、より困難なほうへと舵《かじ》を切る。当然、負荷が生じるが、それがいい仕事の実感なのだ。

仕事は辛くて当然である。辛いということは、自分が選んだ道が正しいということだ。その辛さを受け入れるべきだ。そうしている限り、成長が止むことはない。

人間の可能性は、その辛さを超えて行くのだ。

あとがき

林　真理子

2年前に私がホステスをしている「週刊朝日」の対談ページに、見城さんをお招きしたところ、大変な評判となった。

「よく仲直りしたね」

「また親しくなったの知らなかった」

という声もあったが、一番大きかったのは、

「ものすごく面白い対談だった」

というのである。個性の強い二人が丁々発止とやるのが新鮮だったというのだ。

その流れでこの本を出したのであるが、出すまでにいろんなことがあった。

まず二人でこの本のために会うようになった頃、かの『殉愛』騒動が起こったのである。百田さんには何の嫌な感情もないし、本自体も面白かった。しかし未亡人をめぐってのあれだけの疑惑に、どの週刊誌も口をつぐんでいるのはおかしいと私は「週

刊文春」に書き、それなりに大きくメディアやネットに取り上げられた。

その直後、見城さんに会うことになり、私も編集者も気が重かったのだが、

「ああいうの、困るんだよなァ」

と笑っていたのには、ちょっと見直した。いわば営業妨害をしたことになるのであるが、それはそれ、あれはあれ、とちゃんと分けて考えてくれたのである。

そうはいうものの、あの騒ぎの最中、本を出すことははばかられた。

「これじゃあ、どう見たって私たちの出来レースととられるよ」

ということで、出版を延期してもらったのであるが、今度は降ってわいたような「少年A」問題である。

「週刊文春」の記事を読んで、私はため息をついた。

「この本を出さなかったんなら、一生黙っていればいいのに。やっぱり自分が騒動の中心にいたいヒトなんだわ……」

だが、見城さんに言わせると、全く本意ではない取材とのこと。滞在中のハワイで直撃されて、やっぱり喋らなくては悪いと思ったらしい。この人は昔からとても人のよいところがある。

そしてこの本の原稿をじっくり読んでいると、見城さんの並外れた自己顕示欲、そ

れに伴うエネルギーと天才的勘にやはり感嘆するのである。私の喋っていることに比べ、見城さんのなんと具体性に富んでいることか。明晰なことか。すべてにおいて自信に溢れ、揺るがない。私の話よりずっと面白い。この揺るぎのなさが、大きな魅力となって、作家や芸能人、そしてIT起業家、政治家を惹きつけているのだろう。

そうはいっても出版界に〝アンチ見城派〟はかなりいる。彼らに対して見城さんは、

「知っているよ。だけど俺があいつらから何か取ったか？　何か奪ったか？」

鼻の穴をふくらませた。

あざといようでどこか憎めない。計算をきっちりやっているようでどこか抜けている。人の情をアナログ的に信じている。

見城さんの魅力を、出版界以外の世界の人のほうが認めている。これはとても面白いことだと思う……なんてエラそうだな。

見城さんは私のよく知っている頃の見城さんとは違う。はるかに社会的、経済的に大きくなった。その理由がこの本によってわかるだろう。

編集協力　前田正志

本書は二〇一五年九月、小社から単行本として
刊行されました。また、内容は当時のものです。

|著者|林 真理子　1954年山梨県生まれ。日本大学芸術学部卒。'82年エッセイ集『ルンルンを買っておうちに帰ろう』が大ベストセラーに。'86年『最終便に間に合えば／京都まで』で第94回直木賞を受賞。'95年『白蓮れんれん』で第8回柴田錬三郎賞、'98年『みんなの秘密』で第32回吉川英治文学賞、『アスクレピオスの愛人』で、第20回島清恋愛文学賞を受賞。小説のみならず、週刊文春やan・anの長期連載エッセイでも変わらぬ人気を誇っている。

|著者|見城 徹　1950年静岡県生まれ。株式会社幻冬舎代表取締役社長。慶應義塾大学法学部卒業後、角川書店入社。'93年幻冬舎設立。主な著書に『憂鬱でなければ、仕事じゃない』『絶望しきって死ぬために、今を熱狂して生きろ』(ともに講談社＋α文庫)『たった一人の熱狂』『危険な二人』(ともに幻冬舎文庫)『編集者という病い』(集英社文庫) など。

過剰《かじょう》な二人《ふたり》
林《はやし》 真理子《まりこ》|見城《けんじょう》 徹《とおる》

講談社文庫
定価はカバーに
表示してあります

2018年3月15日第1刷発行

発行者──渡瀬昌彦
発行所──株式会社 講談社
東京都文京区音羽2-12-21　〒112-8001
電話 出版 (03) 5395-3510
　　 販売 (03) 5395-5817
　　 業務 (03) 5395-3615

デザイン─菊地信義
製版───慶昌堂印刷株式会社
印刷───慶昌堂印刷株式会社
製本───株式会社国宝社

Printed in Japan

ISBN978-4-06-293882-2

講談社文庫刊行の辞

二十一世紀の到来を目睫に望みながら、われわれはいま、人類史上かつて例を見ない巨大な転換期をむかえようとしている。

世界も、日本も、激動の予兆に対する期待とおののきを内に蔵して、未知の時代に歩み入ろうとしている。このときにあたり、創業の人野間清治の「ナショナル・エデュケイター」への志を現代に甦らせようと意図して、われわれはここに古今の文芸作品はいうまでもなく、ひろく人文・社会・自然の諸科学から東西の名著を網羅する、新しい綜合文庫の発刊を決意した。

激動の転換期はまた断絶の時代である。われわれは戦後二十五年間の出版文化のありかたへの深い反省をこめて、この断絶の時代にあえて人間的な持続を求めようとする。いたずらに浮薄な商業主義のあだ花を追い求めることなく、長期にわたって良書に生命をあたえようとつとめるところにしか、今後の出版文化の真の繁栄はあり得ないと信じるからである。

同時にわれわれはこの綜合文庫の刊行を通じて、人文・社会・自然の諸科学が、結局人間の学にほかならないことを立証しようと願っている。かつて知識とは、「汝自身を知る」ことにつきていた。現代社会の瑣末な情報の氾濫のなかから、力強い知識の源泉を掘り起し、技術文明のただなかに、生きた人間の姿を復活させること。それこそわれわれの切なる希求である。

われわれは権威に盲従せず、俗流に媚びることなく、渾然一体となって日本の「草の根」をかたちづくる若く新しい世代の人々に、心をこめてこの新しい綜合文庫をおくり届けたい。それは知識の泉であるとともに感受性のふるさとであり、もっとも有機的に組織され、社会に開かれた万人のための大学をめざしている。大方の支援と協力を衷心より切望してやまない。

一九七一年七月

野間省一

講談社文芸文庫

石牟礼道子
西南役伝説
西南戦争の戦場となった九州中南部で当時の噂や風説を知る古老の声に耳を傾け、庶民のしたたかな眼差しとこの国の「根」の在処を探った、石牟礼文学の代表作。
解説=赤坂憲雄　年譜=渡辺京二
いR2
978-4-06-290371-4

モーム　行方昭夫 訳
報いられたもの／働き手
初演時〝世界に誇りうる英国演劇の傑作〟と評された「報いられたもの」と、最後の喜劇「働き手」。〝自らの魂の満足のため〟に書いた、円熟期モームの名作戯曲。
解説=行方昭夫　年譜=行方昭夫
モB2
978-4-06-290370-7

群像編集部・編
群像短篇名作選 1946〜1969
敗戦直後に創刊された文芸誌『群像』。その歩みは、「戦後文学」の軌跡にほかならない。七十年余を彩った傑作を三分冊に。第一弾は復興から高度成長期まで。
くK1
978-4-06-290372-1

講談社文庫　目録

講談社文庫　目録

花村萬月　草《くさ》臥《よ》し日記〈萬月夜話其の三〉
花村萬月　少年曲馬団(上)(下)
花村萬月　ウエストサイドソウル〈西方之魂〉
花村萬月　信長私記
花村萬月　續信長私記
畑村洋太郎　失敗学のすすめ
畑村洋太郎　失敗学実践講義〈文庫増補版〉
畑村洋太郎　みる わかる 伝える
花井愛子　ときめきイチゴ時代〈ティーンズハートの1987～1997〉
はやみねかおる　そして五人がいなくなる〈名探偵夢水清志郎事件ノート〉
はやみねかおる　亡霊《ゴースト》は夜歩く〈名探偵夢水清志郎事件ノート〉
はやみねかおる　消える総生島〈名探偵夢水清志郎事件ノート〉
はやみねかおる　魔女の隠れ里〈名探偵夢水清志郎事件ノート〉
はやみねかおる　踊る夜光怪人〈名探偵夢水清志郎事件ノート〉
はやみねかおる　機巧館《からくりやかた》のかぞえ唄〈名探偵夢水清志郎事件ノート〉
はやみねかおる　ギヤマン壺の謎〈名探偵夢水清志郎事件ノート外伝〉
はやみねかおる　徳利長屋の怪〈名探偵夢水清志郎事件ノート外伝〉
はやみねかおる　都会《まち》のトム&ソーヤ(1)
はやみねかおる　都会《まち》のトム&ソーヤ(2)〈乱! RUN! ラン!〉
はやみねかおる　都会《まち》のトム&ソーヤ(3)〈いつになったら作戦《ミッション》終了?〉
はやみねかおる　都会《まち》のトム&ソーヤ(4)〈四重奏《カルテット》〉
はやみねかおる　都会《まち》のトム&ソーヤ(5)〈IN《イン》塀戸《VADE》〉(上)(下)
はやみねかおる　都会《まち》のトム&ソーヤ(6)〈ぼくの家へおいで〉
はやみねかおる　都会《まち》のトム&ソーヤ(7)《怪人は夢に舞う〈理論編〉》
はやみねかおる　都会《まち》のトム&ソーヤ(8)《怪人は夢に舞う〈実践編〉》
はやみねかおる　都会《まち》のトム&ソーヤ(9)〈前夜祭《EVE》内人《ないと》side〉
はやみねかおる　都会《まち》のトム&ソーヤ(10)〈前夜祭《EVE》創也《そうや》side〉
勇嶺《はやみね》薫《かおる》　赤い夢の迷宮
橋口いくよ　猛烈に! アロハ萌え
橋口いくよ　おひとりさまで! アロハ萌え〈MAHALO HAWAII〉
服部真澄　極楽行き〈清談 佛々堂先生〉
服部真澄　天の方舟《はこぶね》(上)(下)
早瀬詠一郎　つげの箸〈裏十手からくり草紙〉
早瀬詠一郎　平手造酒《みき》
早瀬乱　三年坂 火の夢
早瀬乱　レイニー・パークの音
初野晴　1/2の騎士
初野晴　トワイライト博物館《ミュージアム》
初野晴　向こう側の遊園
原武史　滝山コミューン一九七四
原武史　沿線風景
濱嘉之　警視庁情報官〈シークレット・オフィサー〉
濱嘉之　警視庁情報官 ハニートラップ
濱嘉之　警視庁情報官 トリックスター
濱嘉之　警視庁情報官 ブラックドナー
濱嘉之　警視庁情報官 サイバージハード
濱嘉之　警視庁情報官 ゴーストマネー
濱嘉之　鬼《き》手《しゅ》〈世田谷駐在刑事・小林健〉
濱嘉之　電子の標的〈警視庁特別捜査官・藤江康央〉
濱嘉之　列島融解
濱嘉之　オメガ 警察庁諜報課
濱嘉之　オメガ 対中工作
濱嘉之　ヒトイチ 警視庁人事一課監察係
濱嘉之　ヒトイチ 画像解析〈警視庁人事一課監察係〉
濱嘉之　ヒトイチ 内部告発〈警視庁人事一課監察係〉
濱嘉之　カルマ真仙教事件(上)(中)(下)
橋本紡　彩乃ちゃんのお告げ

ヒキタクニオ　カワイイ地獄
平田オリザ　十六歳のオリザの冒険をしるす本
平田オリザ　幕が上がる
ビッグイシュー
枝元なほみ　世界一あたたかい人生相談
久生十蘭　久生十蘭「従軍日記」
東　直子　さようなら窓
東　直子　らいほうさんの場所
東　直子　トマト・ケチャップ・ス
平敷安常　キャパになれなかったカメラマン(上)(下)〈ベトナム戦争の語り部たち〉
樋口明雄　ミッドナイト・ラン！
樋口明雄　ドッグ・ラン！
平谷美樹　藪の奥〈眠る義経秘宝〉
平谷美樹　居留地同心・凌之介秘帳　小倫敦の幽霊
蛭田亜紗子　人肌ショコラリキュール
樋口卓治　ボクの妻と結婚してください。
樋口卓治　続・ボクの妻と結婚してください。
樋口卓治　もう一度、お父さんと呼んでくれ。
樋口卓治　「ファミリーラブストーリー」
平山夢明　〈大江戸怪談〉どたんばたん(土壇場譚)

平山夢明　〈大江戸怪談どたんばたん(土壇場譚)〉魂《たま》豆《どう》腐《ふ》
東川篤哉　純喫茶「一服堂」の四季
東山彰良　流《りゅう》
藤沢周平　新装版　春秋の檻〈獄医立花登手控え(一)〉
藤沢周平　新装版　風雪の檻〈獄医立花登手控え(二)〉
藤沢周平　新装版　愛憎の檻〈獄医立花登手控え(三)〉
藤沢周平　新装版　人間の檻〈獄医立花登手控え(四)〉
藤沢周平　新装版　闇の歯車
藤沢周平　新装版　市塵(上)(下)
藤沢周平　新装版　決闘の辻
藤沢周平　新装版　雪明かり
藤沢周平　義民が駆ける〈レジェンド歴史時代小説〉
古井由吉　野川
船戸与一　夜《イエ》来《ライ》香《シャン》海峡
船戸与一　新装版　カルナヴァル戦記
藤田宜永　樹下の想い
藤田宜永　艶《つや》めき
藤田宜永　流砂
藤田宜永　子宮の記憶〈ここにあなたがいる〉

藤田宜永　乱調
藤田宜永　壁画修復師
藤田宜永　前夜のものがたり
藤田宜永　戦力外通告
藤田宜永　いつかは恋を
藤田宜永　喜の行列　悲の行列(上)(下)
藤田宜永　老猿
藤田宜永　女系の総督
藤　水名子　紅嵐記(上)(中)(下)
藤原伊織　テロリストのパラソル
藤原伊織　ひまわりの祝祭
藤原伊織　雪が降る
藤原伊織　蚊トンボ白鬚の冒険(上)(下)
藤原伊織　遊戯
藤田紘一郎　笑うカイチュウ
藤本ひとみ　新・三銃士　少年編・青年編〈ダルタニャンとミラディ〉
藤本ひとみ　皇妃エリザベート
藤木美奈子　傷つけ合う家族〈ドメスティック・バイオレンスを乗り越えて〉
福井晴敏　Twelve《トゥエルブ》 Y.O.《ワイオー》

講談社文庫　目録

本多孝好　チェーン・ポイズン
穂村　弘　整形前夜
堀川アサコ　幻想郵便局
堀川アサコ　幻想映画館
堀川アサコ　幻想日記店
堀川アサコ　幻想探偵社
堀川アサコ　幻想温泉郷
堀川アサコ　大奥の座敷童子
堀川アサコ　おちゃっぴい〈大江戸八百八〉
堀川アサコ　月下におくる(上)(下)〈沖田総司青春録〉
堀川アサコ　芳《ほう》一《いち》
本城雅人　境界〈横浜中華街・潜伏捜査〉
本城雅人　スカウト・デイズ
本城雅人　スカウト・バトル
本城雅人　嗤うエース
本城雅人　贅沢のススメ
本城雅人　誉れ高き勇敢なブルーよ
本城雅人　シューメーカーの足音
本城雅人　ミッドナイト・ジャーナル

堀川惠子　裁かれた命〈死刑囚から届いた手紙〉
堀川惠子　死刑の基準〈「永山裁判」が遺したもの〉
堀川惠子　永山則夫〈封印された鑑定記録〉
堀川惠子
小笠原信之　チンチン電車と女学生〈1945年8月6日・ヒロシマ〉
ほしおさなえ　空き家課まぼろし譚
誉田哲也　Qros《キュロス》の女
松本清張　草の陰刻
松本清張　黄色い風土
松本清張　黒い樹海
松本清張　連環
松本清張　花氷
松本清張　ガラスの城
松本清張　殺人行おくのほそ道(上)(下)
松本清張　塗られた本
松本清張　熱い絹(上)(下)
松本清張　邪馬台国清張通史①
松本清張　空白の世紀清張通史②
松本清張　カミと青銅の迷路清張通史③
松本清張　天皇と豪族清張通史④

松本清張　壬申の乱清張通史⑤
松本清張　古代の終焉清張通史⑥
松本清張　新装版増上寺刃傷
松本清張　新装版　彩色江戸切絵図
松本清張　新装版　紅刷り江戸噂
松本清張　大奥婦女記〈レジェンド歴史時代小説〉
松本清張他　日本史七つの謎
松谷みよ子　ちいさいモモちゃん
松谷みよ子　モモちゃんとアカネちゃん
松谷みよ子　アカネちゃんの涙の海
眉村　卓　ねらわれた学園
眉村　卓　なぞの転校生
丸谷才一　恋と女の日本文学
丸谷才一　輝く日の宮
丸谷才一　人間的なアルファベット
麻耶雄嵩　翼ある闇〈メルカトル鮎最後の事件〉
麻耶雄嵩　夏と冬の奏鳴曲《ソナタ》
麻耶雄嵩　メルカトルかく語りき
麻耶雄嵩　神様ゲーム

講談社文庫　目録

円居　挽　今出川ルヴォワール
円居　挽　河原町ルヴォワール
松宮　宏　秘剣こいわらい
松宮　宏　くすぶり亦《また》蔵《ぞう》〈秘剣こいわらい〉
松宮　宏　さくらんぼ同盟
丸山天寿　琅《ろう》邪《や》の鬼
丸山天寿　琅《ろう》邪《や》の虎
町山智浩　アメリカ格差ウォーズ 99%対1%
松岡圭祐　探偵の探偵
松岡圭祐　探偵の探偵II
松岡圭祐　探偵の探偵III
松岡圭祐　探偵の探偵IV
松岡圭祐　水鏡推理
松岡圭祐　水鏡推理II〈インパクトファクター〉
松岡圭祐　水鏡推理III〈パレイドリア・フェイス〉
松岡圭祐　水鏡推理IV〈アノマリー〉
松岡圭祐　水鏡推理V〈ニュークリアフュージョン〉
松岡圭祐　水鏡推理VI〈クロノスタシス〉
松岡圭祐　探偵の鑑定I
松岡圭祐　探偵の鑑定II
松岡圭祐　万能鑑定士Qの最終巻〈ムンクの《叫び》〉
松岡圭祐　黄砂の籠城(上)(下)
松岡圭祐　シャーロック・ホームズ対伊藤博文
松岡圭祐　八月十五日に吹く風
松岡圭祐　生きている理由
松島泰勝　琉球独立宣言〈実現可能な五つの方法〉
松原　始　カラスの教科書
益田ミリ　五年前の忘れ物
三好　徹　政・財　腐蝕の100年
三好　徹　政・財　腐蝕の100年　大正編
三浦綾子　ひつじが丘
三浦綾子　岩に立つ
三浦綾子　青い棘《とげ》
三浦綾子　イエス・キリストの生涯
三浦綾子　愛すること信ずること
三浦明博　感染広告
三浦明博　滅びのモノクローム
宮尾登美子　新装版天璋院篤姫(上)(下)
宮尾登美子　新装版　一絃の琴
宮尾登美子　東福門院和子《まさこ》の涙(上)(下)〈レジェンド歴史時代小説〉
宮本　輝　ひとたびはポプラに臥す1〜6
宮本　輝　骸骨ビルの庭(上)(下)
宮本　輝　新装版二十歳《はたち》の火影《ほかげ》
宮本　輝　新装版命の器
宮本　輝　新装版避暑地の猫
宮本　輝　新装版ここに地終わり　海始まる(上)(下)
宮本　輝　新装版花の降る午後(上)(下)
宮本　輝　新装版オレンジの壺(上)(下)
宮本　輝　にぎやかな天地(上)(下)
宮本　輝　新装版朝の歓び(上)(下)
宮城谷昌光　侠骨記
宮城谷昌光　夏姫春秋(上)(下)
宮城谷昌光　花の歳月
宮城谷昌光　重《ちょう》耳《じ》(全三冊)
宮城谷昌光　春秋の色
宮城谷昌光　介《かい》子《し》推《すい》
宮城谷昌光　孟嘗君　全五冊

2017年12月15日現在